LA PLUS BELLE
HISTOIRE DES PLANTES

Jean-Marie Pelt est professeur émérite de l'université de Metz, botaniste, pharmacien, président de l'Institut européen d'écologie ; il est notamment l'auteur de : *Nouveau Tour du monde d'un écologiste*, *La Terre en héritage* et *L'Homme renaturé*.

Marcel Mazoyer est ingénieur agronome, ingénieur des Eaux et Forêts, et professeur titulaire de la chaire d'agriculture comparée et développement agricole de l'INA (Institut national agronomique Paris-Grignon), où il a succédé au professeur René Dumont. Il a travaillé sur les questions de politique et de développement agricoles dans plus de vingt pays, développés ou en développement.

Théodore Monod, né en 1902, il disparaît le 22 novembre 2000. Il fut directeur de l'Institut français d'Afrique noire, professeur au Muséum national d'histoire naturelle et membre de l'Académie des sciences. Il est aussi l'auteur de *Méharées* et de *Plongées profondes*, parus chez J'ai lu.

Jacques Girardon est journaliste, grand reporter, ancien rédacteur en chef du magazine *Sciences et Avenir*.

Jean-Marie Pelt / Marcel Mazoyer
Théodore Monod / Jacques Girardon

LA PLUS BELLE HISTOIRE DES PLANTES

Les racines de notre vie

Éditions du Seuil

TEXTE INTÉGRAL

ISBN 978-2-02-055080-2
(ISBN 2-02-037216-9, 1re publication)

Sommaire

TROISIÈME PARTIE

Le futur de la nature

Avant-propos

C'est l'histoire d'un arbre. Il nous fascine, mais nous dérange parfois, car nous n'avons éclairé qu'une partie de ses mystères. C'est l'histoire de notre arbre généalogique. Ses racines – les nôtres – plongent dans le bouillon originel où est apparue la vie. Durant plus de deux milliards d'années, celle-ci est restée végétale. Puis elle a engendré un mutant, un être primitif, constitué comme les autres d'une unique cellule, mais équipé d'une sorte de bouche, pour dévorer le monde, et muni d'un cil pour pouvoir se déplacer et chasser. Notre règne commençait.

Le tronc de l'arbre de la vie s'est donc scindé en deux branches principales : celle des animaux qui venaient de naître et dont nous sommes la dernière pousse. Et celle des plantes qui a continué, elle aussi, à se ramifier.

Incompréhensible destin que celui des végétaux : ils fournissent aux êtres qui les dévorent l'oxygène leur permettant de respirer. Du poisson à l'oiseau, de l'insecte à l'homme, toutes les formes animales tirent leur vie des plantes : même les carnassiers, dont les proies se nourrissent d'herbes ou de graines.

Les scientifiques qui nous racontent ici chacun un épisode de l'histoire des plantes ne se laissent pas aller à une quelconque sensiblerie, ils ne mettent certes pas sur un pied d'égalité vie animale et vie végétale, mais ils insistent avec passion sur l'importance considérable de ce monde silencieux avec lequel nous entretenons des liens extrêmement forts où se mêlent la sensualité lorsqu'il s'agit des fleurs ; la gourmandise pour les fruits, céréales ou légumes que nous estimons comestibles ; le besoin de paix en jardinant ou en se promenant en forêt ; la recherche d'un profit quand le végétal devient produit ; l'émotion esthétique devant la nature qui, sans végétation, céderait la place à des paysages lunaires.

Faute de s'être dotées d'un système nerveux central, les plantes sont dépourvues d'intelligence. En tout cas, telle que nous la concevons. Et pourtant, des chercheurs sont en train de découvrir que certains végétaux peuvent communiquer entre eux. Et l'on sait que les plantes à fleurs sont capables de manipuler à leur profit insectes et animaux. De l'algue bleue à la rose, que de chemin parcouru, de progrès réalisés ! Encore ne connaissons-nous pas tout des plantes, loin s'en faut. Nous ne les étudions d'ailleurs méthodiquement que depuis trois siècles. De plus, nous sommes arrivés sur terre très récemment, et nos existences éphémères ne nous laissent guère le temps de suivre la lente mais profonde évolution de ce monde familier et tellement étranger à la fois.

Parce qu'elles ne semblent pas se déplacer – nous verrons que ce n'est pas exact – les plantes nous paraissent immobiles : chênes centenaires, issus de chênes centenaires, poussant dans les mêmes régions depuis des millénaires, des millions d'années, depuis toujours peut-être… Rien n'est plus faux. Comme l'univers lui-même, dont la naissance a été racontée dans *La Plus Belle Histoire du monde* par Hubert Reeves, Joël de Rosnay,

Yves Coppens et Dominique Simonnet (Seuil, 1996), le monde vert évolue sans cesse. Certes, cela se passe à une autre échelle de durée que nous, mais il invente, crée, transforme, s'adapte, progresse, parfois même plus vite que le règne animal.

Pour mieux appréhender ce temps dans lequel vivent les plantes, il est un procédé, classique mais pédagogique, qui consiste à ramener les âges géologiques, et leurs milliards d'années que nous n'arrivons pas à concevoir, à une échelle qui nous soit intelligible. Puisque nous arrivons à la fin d'un siècle, posons 4 milliards et demi d'années (l'âge de la Terre) = 100 ans. Et admettons que notre planète soit née le 1er janvier 1900… Si l'on conserve le même rapport de durée, la vie apparaît en 1923. Elle est végétale et, bien sûr, extrêmement primitive. Ces premières algues monocellulaires ne se dotent d'un noyau que bien plus tard : en 1986 ! Pour la première fois, des plantes s'émancipent de la mer et s'adaptent à la terre ferme en 1991. Les choses s'accélèrent alors : des conifères commencent à pousser dès 1994. Les mammifères apparaissent en 1996, suivis des plantes à fleurs en 1998. On date les traces des premiers anthropoïdes du mois de juillet 1999, et l'époque de l'*Homo sapiens* débute six mois plus tard : le 31 décembre, en fin d'après-midi. C'est en ce même jour de réveillon, le 31 décembre 1999 à 22 heures 04, soit 1 heures 56 avant les douze coups de minuit du temps présent, que des hommes du néolithique inventent l'agriculture.

Jean-Marie Pelt nous conte cette prodigieuse aventure des plantes sauvages à la conquête du monde. Professeur émérite de biologie végétale et de pharmacognosie à l'université de Metz et président de l'Institut européen d'écologie, il est l'un des derniers véritables botanistes français, aujourd'hui où cette discipline est dramatiquement négligée au profit de la seule biologie, dont les exploits font parfois oublier l'essentiel à savoir que la vie ne se réduit pas à des combinaisons de gènes. Jean-Marie Pelt, qui a effectué, au cours de sa carrière, beaucoup de missions de recherche et d'enseignement à l'étranger, notamment en Afghanistan et en Afrique, est l'auteur de nombreux livres, dont *L'Homme renaturé*, Grand Prix des lectrices de *Elle*. Il a obtenu le Sept d'or du meilleur film documentaire pour *L'Aventure des plantes*. Mais il a aussi publié une centaine de communications scientifiques. A force d'observer les plantes comme un astronome les étoiles, il s'interroge plus que jamais sur l'univers et l'Être, la science et la foi. Comme tous les vrais curieux, il est capable de grands enthousiasmes comme de vives révoltes. C'est l'humaniste autant que le savant qui s'élève parfois avec fougue contre tous ceux qui veulent breveter le vivant et qui, pour gagner un peu plus d'argent, nous font prendre des risques en bricolant les patrimoines génétiques.

Car une phase nouvelle de la vie des plantes a débuté il y a 10 000 ans, avec l'agriculture. Cette irruption de l'homme dans les processus d'évolution a constitué l'un des plus importants bouleversements de l'histoire des êtres vivants, comparable à la maîtrise du feu, ou à l'invention de l'écriture.

Lorsqu'elles sont cultivées, les plantes sont peu à peu sélectionnées, modifiées, au point, parfois, de ne plus conserver la moindre ressemblance avec la variété originelle. Avec les hommes, elles voyagent aussi, s'adaptent à de nouveaux climats, conquièrent des territoires. Grâce à l'agriculture, la population humaine a pu croître rapidement. A cause de l'augmentation du nombre des hommes, les forêts ont été défrichées et les cultures se sont étendues. La Terre entière a été colonisée. Les aventures des plantes sont désormais liées à celles des humains qui tentent d'imposer leur loi. On brûle les riches forêts tropicales pour faire paître quelques vaches, on mène une guerre chimique aux mauvaises herbes, on dope fruits et légumes, on gave les céréales, au point qu'un paysan du Moyen Age aurait crié au miracle en découvrant un champ de blé tel qu'on en trouve aujourd'hui dans les pays développés. On produit de quoi nourrir toute la population de la planète, même si on ne le fait pas, pour des raisons de rentabilité. L'évolution des plantes dépend désormais de l'action des hommes, et aux lois de la nature se substituent celles du marché.

Marcel Mazoyer, parlant des plantes cultivées, ne peut s'empêcher de faire sans cesse référence à son Morvan natal, bien qu'il ait travaillé sur les problèmes de développement agricole dans plus de vingt pays. Comme si les champs et les bois de son enfance lui avaient appris autant que toutes les écoles. Ingénieur agronome, ingénieur des Eaux et Forêts, il est titulaire de la chaire d'agriculture comparée et de développement agricole à l'Institut national agronomique, où il a succédé à René Dumont. Il vient de publier une *Histoire des agricultures du monde*, et est intarissable sur la saga des céréales et l'odyssée des légumes. Mais ce qui l'intéresse dans une plante, c'est aussi celui qui la cultive : le paysan, meilleur gardien de la vie et des paysages, lorsqu'on ne l'oblige pas à produire toujours plus, n'importe quoi, n'importe comment.

Il fallait bien parler aussi du danger. De la terre qui s'en va, mettant la roche à nu ; du sable qui avance, poussé par le vent, et qui engloutit tout. Des quelques plantes qui tentent de résister à l'envahissante aridité et finissent par griller en attendant une pluie qui ne vient plus. Avant que des algues s'affranchissent de la mer, la Terre était désolée. Des cailloux nus. Puis les plantes l'ont recouverte d'un manteau vert et ont fabriqué de l'humus. Cela a pris des millions d'années. Aujourd'hui, une variation du climat, mais surtout l'action brutale d'une humanité trop nombreuse, nous font revenir en arrière : les déserts progressent de manière inquiétante.

Théodore Monod, le sage du désert, revient sans cesse sur le nécessaire respect de la vie. Né en 1902, il poursuit aujourd'hui encore sa quête d'une petite fleur perdue, découverte en 1940. Pour le rencontrer, il faut aller traîner du côté de la Mauritanie, du désert libyque, du Tibesti, quelque part au cœur du Sahara où, malgré son âge, il continue à faire plusieurs expéditions par an… ou bien avoir la chance, comme nous, de pouvoir lui voler quelques heures lorsqu'il est en transit au Muséum ! C'est au jardin des Plantes que, enfant, lui est venue sa vocation naturaliste. Ce lieu est resté son camp de base. Botaniste, zoologiste, géologue, archéologue, anthropologue, il ne connaît pas les frontières entre les disciplines. La force de caractère de ce petit homme frêle impressionne. Théodore Monod est un mythe vivant. Membre de l'Institut, de l'Académie de marine, de l'Académie des sciences d'outre-mer et des Académies des sciences belge, portugaise, anglaise et américaine, il pourrait savourer un repos bien mérité, bercé par les honneurs. Mais l'aventurier contemplatif préfère continuer à parcourir le désert avec une curiosité et un enthousiasme intacts, même s'il juge avec tristesse que l'homme est resté par bien des aspects un primate qui ravage la planète.

L'histoire des plantes a commencé bien avant la nôtre et, heureusement, n'est pas près de prendre fin. Il n'est que de voir avec quelle rapidité la nature colonise tout terrain devenu vague, comment des graminées s'insinuent dans la moindre fissure et font éclater le béton. Qu'une palissade isole un espace dans la ville durant quelques mois, et voilà la vergerette du Canada qui déchire le bitume pour permettre au buddléia du Tibet de s'installer et de dresser ses fleurs mauves. A la fin de la guerre civile libanaise, la rue de Damas, qui en plein centre de Beyrouth avait marqué la frontière entre les deux camps, était devenue une véritable jungle. Les plantes sont fortes comme la vie et capables de développer des stratagèmes, de collaborer, d'inventer plus de molécules que toute notre chimie. Pourtant, des espèces disparaissent chaque année, à tout jamais. Toutes ne mourront certes pas, mais un appauvrissement trop important de la flore terrestre menacerait les espèces animales, à commencer par nous. Il serait donc temps, comme le disent, chacun à leur manière, Jean-Marie Pelt, Marcel Mazoyer et Théodore Monod de promulguer un code universel du respect de la vie. De toutes les formes de vie, sans lesquelles celle de l'espèce humaine n'a guère d'avenir.

Jacques Girardon

PREMIÈRE PARTIE

L'odyssée sauvage

CHAPITRE 1

La vie en mer

BANG ! C'est l'univers. Puis notre soleil et ses satellites. Après un milliard d'années terribles, la situation se calme peu à peu : la terre se refroidit, l'activité volcanique se réduit, les bombardements de météorites sont de mieux en mieux stoppés par un brouillard de gaz gris et épais. D'étranges et infimes créatures, nos ancêtres, naissent alors dans les eaux sombres recouvrant la planète.

Une petite bactérie verte

– **Jacques Girardon :** *La plaisanterie qui dit que l'homme descend du singe, et que le singe descend de l'arbre serait plus pertinente qu'il n'y paraît... Nos plus lointains ancêtres étaient vraiment des plantes ?*

– **Jean-Marie Pelt :** Des plantes, oui, mais pas des arbres... Le monde animal, dont nous sommes des représentants très récents, s'est séparé du monde végétal bien avant l'existence des arbres, alors que la vie était exclusivement marine.

– L'histoire du monde vivant a-t-elle commencé longtemps après la naissance de la Terre ?

– Non. Durant le premier milliard d'années, l'évolution a été purement chimique, mais cela ne représente même pas un quart de l'histoire du globe. Très vite, il y a quelque trois milliards et demi d'années, la vie est apparue dans l'océan primitif. Et elle était d'abord végétale. Certes, les plus anciens fossiles, retrouvés récemment en Australie et en Afrique du Sud, restent assez énigmatiques : il s'agit d'êtres ressemblant à des bactéries, mais dans lesquels on trouve de la chlorophylle.

– Les bactéries appartiennent-elles au monde animal ou végétal ?

– Ni l'un ni l'autre. Elles constituent un règne à part. Il est facile de définir un végétal : c'est ce qui contient de la chlorophylle. Pourtant, le fait de ne pas en trouver ne signifie pas forcément que l'on est en présence d'un animal : ainsi les champignons, qui ne contiennent pas de chlorophylle, ne sont pourtant pas des animaux. Le règne des bactéries est spécifique : ce sont des êtres incomplets, dépourvus de noyaux, des cellules plus petites que celles des organismes évolués.

– Elles n'ont donc pas changé ? N'ont pas eu de descendance ?

– Elles sont restées obstinément bactéries. Encore un mystère de l'évolution : l'homme y voit un mouvement vers le progrès, une perpétuelle amélioration ; or, certaines formes de vie marchent très bien en évoluant à peine. C'est le cas de ces microbes, qui ont exactement la même tête qu'il y a trois milliards et demi d'années.

– Les plantes ne descendraient donc pas des bactéries, mais d'une de leurs ancêtres qui comportait de la chlorophylle ?

– Heidegger avait une jolie formule : « Les origines se cachent sous les commencements. » Cela signifie que, pour saisir un phénomène, il faut qu'il existe déjà. On ne peut donc jamais affirmer avec certitude que le plus ancien fossile découvert est celui de la créature originelle. Personne ne trouvera jamais l'empreinte de la première cellule qui fixa la chlorophylle.

L'invention de la bouche

– Mais il s'agit de notre aïeule à nous aussi ! De qui, ou de quoi descendons-nous ?

– Notre grand ancêtre était peut-être une algue, du groupe des péridiniens.

– A quoi ressemblait-elle ? Où vivait-elle ? Comment a-t-elle pu engendrer le monde animal ?

– En ce temps-là, dans la mer, se trouvait une algue microscopique qui représentait la cellule végétale typique : elle contenait de la chlorophylle avec laquelle elle faisait de la photosynthèse, c'est-à-dire qu'elle transformait, grâce à l'énergie solaire, le gaz carbonique et l'eau en sucres qui se collaient sur sa membrane. Celle-ci était épaisse, cellulosique, dure. Je le répète : c'était la cellule végétale par excellence. Pour se reproduire, l'algue *Cystodinium* – c'est ainsi qu'on l'a baptisée –

émettait une petite cellule spécialisée : une spore, munie d'un cil qui lui permettait de nager.

– *On déduit tout cela des fossiles ?*

– Et surtout de l'observation directe de la petite algue : elle existe toujours ! C'est d'ailleurs pourquoi on peut voir que, dans certains cas, encore aujourd'hui, la spore ne devient jamais adulte. Elle fabrique bien un peu d'amidon avec sa chlorophylle, mais ne s'entoure pas d'une membrane épaisse, ne perd pas son flagelle ; alors que l'algue arrivée à maturité, ainsi que tous les autres végétaux, est privée de mobilité. De plus, comme elle possède un sillon, une sorte d'excavation, on dit que la spore, appelée *Peridinium*, a une « bouche ».

– *Une bouche ! Qui sert à quoi ?*

– A rien. On peut voir simplement une spore qui ne devient pas adulte ; grâce à son flagelle, elle nage dans la mer comme un animal dont elle a l'apparence à cause de sa bizarre fausse bouche, et de sa mobilité…

– *Cet être-là existe toujours, lui aussi ?*

– Oui. Et il existe même une troisième créature, tout à fait étrange, le *Gymnodinium* : même spore, avec le même cil, même bouche… Mais plus de chlorophylle ! Plus de photosynthèse possible, donc. Plus moyen de fabriquer du sucre. Voilà la cellule obligée de se nourrir de proies extérieures solides ! Elle mange… Cette bouche fantasmatique qui était présente dans le deuxième cas de figure est devenue une vraie bouche, tout à fait utile, comme chez un animal.

– *Avant, il s'agissait d'un rêve de bouche…*

– Un rêve d'organe qui a créé une fonction ! Et dans ce troisième cas de figure, on est entré dans le règne animal. La spore mobile, sans chlorophylle et munie d'une bouche, est un protozoaire cilié, peut-être le premier animal. Les trois formes de vie sont très proches les unes des autres. On peut donc observer ici l'un des passages de l'essence même du végétal à l'essence de l'animal.

– Et l'essence de l'animal, c'est cette bouche qui lui permet de dévorer les autres formes de vie, au lieu de se nourrir de lumière et d'eau fraîche. Cela se passe encore de cette façon aujourd'hui chez ces algues péridiniennes ?

– Bien entendu : les trois stades ont été conservés.

– Il est vrai qu'on trouve encore aujourd'hui des formes de vies bizarres, entre le végétal et l'animal, telle que l'éponge…

– L'éponge est clairement un animal ! Sommaire, certes : il s'agit du plus fruste des pluricellulaires. Ce n'est même pas un véritable organisme, seulement une colonie de cellules non spécialisées, mais il ne s'agit pas d'un végétal.

– On nous vend pourtant des vraies éponges garanties végétales…

– Il s'agit d'une erreur. Peut-être volontaire : qui sait, l'idée de se frictionner avec un animal risque de choquer…

– Revenons à notre première ébauche d'animal, le Gymnodinium *: il arrive relativement tard. A un moment*

où de grandes étapes ont déjà été franchies. La sexualité a depuis longtemps été inventée par les algues.

– Bien sûr. Ces êtres dont je vous parle sont de vraies cellules à noyau. Des algues déjà évoluées. Avant, il existait des êtres sans noyaux, sans sexualité et qui se partageaient les chromosomes par contact. Il n'y avait aucune distinction entre mâles et femelles. C'était le monde archaïque des bactéries…

L'algue bleue

– Ces éternelles bactéries ! C'est toujours la même qui se multiplie, puisque la mort ne sera inventée que de pair avec la sexualité. L'élimination de l'individu assurera alors la survie de l'espèce.

– C'est ça. Tandis que le clone, lui, est immortel. Chaque élément se divise par deux, et ainsi de suite… C'est le mode de reproduction des algues bleues ; il s'agit en fait de bactéries contenant de la chlorophylle, et qui sont par conséquent antérieures à la cellule complète, à noyau, de type péridinien.

– Ce qu'on appelle l'algue bleue est donc la petite bactérie verte de tout à l'heure, la première plante ?

– C'est elle ! D'ailleurs, on l'appelle aussi cyanobactérie, bactérie bleue. Elle contient de la chlorophylle, et a sans doute précédé les bactéries qui n'en contiennent pas. Mais il faut bien dire que les informations dont on dispose sur ce qui s'est passé il y a trois milliards et demi d'années restent tout de même très floues. La seule chose dont on soit certain, c'est que les algues bleues sont très anciennes, et qu'elles ont été dominantes pendant les deux premiers milliards d'années de l'histoire de la vie.

Au commencement était le sucre

– *Et avant ?*

– Il existait sans doute un système très archaïque de transformation des sucres : la fermentation, qui produit de l'alcool et du gaz carbonique. Regardez un tonneau de prunes à la surface duquel se forme de la mousse : c'est le gaz carbonique qui se dégage. Mais pour cela il faut du sucre.

– *Or les sucres sont fabriqués par la chlorophylle…*

– Pas seulement. On sait que des sucres se sont formés spontanément dans l'atmosphère primitive.

– *C'est vrai que l'on a trouvé des molécules d'alcool dans l'espace…*

– Oui, on y a trouvé quelque soixante-dix sortes de molécules organiques synthétisées par les étoiles… Donc, ces sucres de la vie prébiotique sont consommables par des bactéries non chlorophylliennes. Mais dans ce cas, elles épuisent la ressource. Il ne faut pas qu'elles consomment plus de sucre qu'il ne s'en fabrique. Or ce sont les plantes qui ont inventé la production intensive de sucre, grâce à la photosynthèse.

– *Reprenons au début…*

– On peut imaginer le scénario suivant : des bactéries anaérobies, c'est-à-dire capables de vivre sans oxygène, se nourrissent des sucres de la soupe primitive, par fermentation. Elles transforment ces sucres en gaz carbonique et en alcool. Aujourd'hui, les levures continuent à effectuer ce travail ancestral, archaïque, dans le tonneau de mirabelles dont nous parlions tout à l'heure. A la suite de plusieurs mutations, l'une d'elles va se perfectionner, et se mettre à utiliser de la chlorophylle pour consommer le gaz carbonique et fabriquer du sucre ; bref, elle invente la photosynthèse. Or, celle-ci produit un déchet : l'oxygène, qui s'accumule alors dans l'eau de mer et dans l'atmosphère. Plus tard encore – tout ce processus prend des millions de siècles –, certaines cellules mutent à leur tour, perdent leur chlorophylle et, en consommant l'oxygène devenu pléthorique, inventent la respiration.

– Ainsi la vie serait née dans le sucre ?

– Certes, mais il s'agissait de sucres non sucrés ! Comme la cellulose et l'amidon…

– Dans les sucres, donc. Et dans le flou : la vie se cache pour naître. Mais ensuite, on voit mieux ce qui a pu se passer.

– On imagine seulement. Nous n'avons pas de certitudes absolues. Nous reconstituons une logique à partir des éléments dont nous disposons. C'est, en science, ce que l'on appelle une théorie.

– Quand même : plus le monde vieillit, plus nous disposons d'informations…

– C'est vrai. On sait donc que les algues bleues ont inventé quelque chose de génial – la photosynthèse – et que cela a marché très fort pour elles. Durant tout le précambrien, c'est-à-dire les trois milliards d'années qui suivent le premier milliard d'années de l'histoire de la planète, elles ont laissé beaucoup de traces. Cette intense production végétale a fixé le calcaire et formé des concrétions qui se sont déposées et ont formé des sédiments au fond de l'océan.

– *Existe-t-il encore des algues bleues aujourd'hui ?*

– Bien sûr. Et elles continuent d'élaborer des concrétions calcaires.

– *On les trouve dans le plancton ?*

– Elles constituent, entre autres choses, un des éléments du plancton, mais il existe des algues bleues hors du plancton. Il y en a dans les campagnes... Des algues bleues qui ont quitté la mer, « fait le voyage », si je puis dire.

– *Je croyais que c'était les algues vertes qui avaient quitté la mer...*

– Tout à fait. Mais les algues vertes qui sont sorties de l'eau ont eu pour descendance l'ensemble des végétaux terrestres. Tandis que les algues bleues qui ont elles aussi abordé la terre ferme sont restées algues bleues. On ne les reconnaît pas toujours, mais vous en avez certainement rencontré. Ce sont des espèces d'amas verdâtres, un peu comme des crachats. On peut les trouver sur le sol des jardins lorsqu'il y a beaucoup d'humidité. Ce sont des colonies de microcellules, serrées les unes contre les autres. Cela ressemble à un organisme, mais ce n'en est pas un : il n'y a aucune division du travail, aucune spécialisation des cellules, elles sont seulement agglomérées. C'est leur quantité qui fait que ces entassements deviennent visibles, puisque l'algue bleue, je vous le rappelle, est minuscule : elle a la taille d'une bactérie. Vous avez donc la possibilité, en regardant ces amas spumeux, de visualiser un monde très ancien dont les individus n'apparaissent jamais à l'œil nu.

– C'est extraordinaire ! Les physiciens doivent construire des appareils gigantesques et incroyablement sophistiqués pour casser les particules élémentaires afin de comprendre de quoi est faite la matière. Les astrophysiciens ont besoin de télescopes ultra-puissants et de satellites pour tenter de voir l'univers et d'imaginer comment il a pu naître. Mais en ce qui concerne l'origine du monde végétal – et donc animal – il suffit d'ouvrir les yeux en se promenant dans le jardin !

– Oui. Chaque fois que je vois un amas d'algues bleues dans un jardin, je vois l'origine de la vie.

– Et nous descendons tous de ces algues bleues ! Ou, plus exactement, d'une algue bleue semblable à celles-ci, qui a muté, s'est différenciée des autres…

– Très probablement.

Le mystère du noyau

– Alors, entre elle et nous, que s'est-il passé ?

– Un mystère. Le troisième mystère des origines de la vie. Parce qu'il y en a trois. Au commencement est le big bang, la formation du monde, de notre Terre… Le premier milliard d'années est le temps de la chimie prébiotique… L'apparition de la vie est un premier mystère, mais plus tout à fait, puisqu'on a approximativement réussi à reproduire en laboratoire les molécules constitutives du vivant, en recréant l'atmosphère primitive de la Terre. Ensuite, deuxième mystère : on ne voit pas comment et à quel moment précis la chlorophylle s'installe dans une cellule. Et on ne le saura jamais. Le troisième mystère est donc celui du passage de l'algue bleue à la cellule végétale à noyau, trois milliards d'années après la naissance de la Terre. Ou, pour utiliser les termes scientifiques, le passage de la cellule dite « procaryote » à la cellule complète, dite « eucaryote ». L'apparition de la vie n'avait nécessité qu'un milliard d'années. Moitié moins que le regroupement des chromosomes en noyau !

– Deux milliards d'années sans évolution notable, ça fait un sacré bail ! Alors pourquoi cette vie primitive qui semblait si stable s'est-elle soudain mise à se perfectionner, à associer des cellules, bref à partir dans tous les sens et à évoluer de plus en plus vite ?

– On n'en sait rien. Pas plus qu'on ne sait comment le noyau s'est formé. Aucune théorie n'est performante sur le sujet. Aucune hypothèse satisfaisante. Certains biologistes comme Lynn Margulis évoquent une bactérie qui, par une sorte de transgression, serait devenue énorme, ne parvenant plus à échanger ses gènes avec les autres parce que ceux-ci étaient dilués dans la masse de la cellule… Ils se seraient donc regroupés au centre… Il faut être honnête et le dire clairement : actuellement, on ignore la façon dont ça s'est passé. On sait seulement qu'il y a un milliard et demi d'années sont apparues des cellules à noyau, alors que depuis deux milliards d'années n'existaient que les algues bleues.

– Le noyau apparaît à ce moment-là, ou est-ce qu'on ne le détecte qu'à cette époque ?

– Nous le repérons, nous, à ce moment-là.

– Il a donc pu exister, bien avant, des cellules à noyau, sous une forme transitoire, et qui ont disparu après avoir donné naissance à celles, plus compétitives, que nous connaissons ?

– Peut-être. C'est très souvent comme cela que ça se passe. Les êtres qui ont survécu ou laissé des empreintes étaient les plus performants. Mais il est probable, lorsque l'on trouve un fossile, qu'il s'est passé mille choses auparavant dont on ne saura jamais rien. Les prototypes ont disparu définitivement : seules les fabrications en grandes séries laissent des traces.

– Un jour, donc, est apparue une très grosse cellule…

– … au centre de laquelle tous les chromosomes étaient regroupés, formant un noyau, qui s'entourait d'une membrane. Mais cette disposition ne permettait plus le transfert ni la réception des patrimoines héréditaires par simple contact. Le libre échange des gènes, pour reprendre une expression économique, ne fonctionnait plus. L'échange d'information entre les grosses cellules à noyau devenait impossible. Celles-ci ont alors eu recours à la sexualité qui, depuis, brasse les gènes de génération en génération.

Première capture, premier asservissement

– Sexualité et noyau de la cellule ont donc été inventés de pair, mystérieusement.

– Absolument. Inventés, comme toujours par accident, et sélectionnés par l'évolution. Et il s'est alors passé une chose très étonnante : on s'est aperçu que la grosse cellule à noyau, organisme déjà sophistiqué, avait capté des algues bleues ! Elle les a absorbées pour en faire des chloroplastes – la partie de la cellule végétale qui effectue la photosynthèse. Des algues bleues ont été intégrées dans un ensemble plus complexe… C'est là où l'on voit combien le phénomène de symbiose, négligé par les biologistes, a pu jouer un rôle essentiel dans le passage de certains caps de l'évolution.

– La cellule a capturé des algues bleues parce que celles-ci savaient faire la photosynthèse ? Elle les a en quelque sorte « avalées », et les a fait travailler pour se nourrir…

– Oui. Et l'on est passé à ce moment-là à un niveau d'organisation très supérieur. Les chromosomes étaient regroupés dans un noyau, protégés par une membrane avec, autour, un cytoplasme qui fabriquait du sucre à partir de gaz carbonique, d'eau et de lumière. La cellule était déjà une petite usine, contrairement à la bactérie où tout est mélangé, interchangeable, moins organisé.

– Cela se passait donc il y a un milliard et demi d'années. Quand le monde végétal va-t-il inventer le monde

animal ? Quand se situe l'embranchement, l'apparition de la fameuse bouche ?

– On l'ignore totalement ! On sait comment des êtres très anciens conservés jusqu'à aujourd'hui, les péridiniens – l'algue dont nous parlions tout à l'heure –, passent, par juxtaposition, du végétal à l'animal. C'est tout.

– Je vais formuler ma question autrement : A partir de quand trouve-t-on la trace d'êtres qui vivent sans faire de fermentation ni de photosynthèse ?

– Ils semblent être apparus en même temps que la cellule à noyau et la sexualité.

– Décidément, il s'est passé des tas de choses extraordinaires, il y a un milliard et demi d'années !

– Oui, un cap essentiel a été franchi. D'ailleurs, c'est encore durant cette même période qu'a été inventé un autre phénomène fondamental : l'organisation pluricellulaire. Dès que les cellules à noyau ont existé, elles se sont mises à coopérer. Elles se sont regroupées, non pas en se juxtaposant simplement, comme dans une colonie d'algues bleues, mais en se spécialisant. Elles ont inventé la division du travail avec, en particulier, la notion d'un dehors exposé à l'environnement et d'un dedans, protégé. Chaque cellule, en se spécialisant, a dû faire des sacrifices et devenir dépendante des autres. Celles du centre ne recevant plus la lumière étaient incapables d'assurer la photosynthèse ; elles devaient donc être alimentées par les cellules périphériques. Mais elles formèrent un squelette, nécessaire à l'architecture des grandes algues pluricellulaires que l'on voit sur le littoral. De même, toutes ne pouvaient pas se diviser sous peine de produire un mouvement chaotique, donnant à la plante des formes qui ne lui permettraient pas de survivre. Chez les algues vertes, par exemple, la capacité de se diviser n'appartient qu'aux cellules spécialisées qui, à l'extrémité des filaments, permettent l'accroissement en longueur.

La mer repeint le ciel

– A quoi ressemblait la planète en ces temps de grandes inventions ?

– On était toujours dans le précambrien, la première des ères géologiques, mais le dégazage de la Terre était terminé. L'atmosphère se modifiait. Les algues bleues, en fabriquant de l'oxygène, l'avaient emporté sur tous les phénomènes antérieurs. Précédemment, la Terre était entourée d'un cocon gazeux épais, gris, opaque, composé essentiellement de dioxyde de carbone, mais aussi d'azote, d'eau et d'un peu de méthane et d'ammoniac. Le gaz carbonique, en piégeant le rayonnement solaire, provoquait un effet de serre, entretenant une température torride et maintenant l'eau sous forme de vapeur. Puis, en se combinant à l'oxyde de calcium pour former du calcaire, le gaz carbonique a considérablement diminué. La température a baissé, l'eau s'est condensée en pluies. Un vrai déluge. Le volume de l'océan s'est accru. La vie a pu apparaître.

– Mais je suppose qu'elle n'a commencé à modifier l'environnement que beaucoup plus tard.

– Ce fut effectivement un long processus. Mais à l'époque où s'inventaient la sexualité, la cellule à noyau et les premiers organismes, l'oxygène produit par la photosynthèse depuis deux milliards d'années avait pris une place significative. Sous l'effet du rayonnement solaire, il avait donné de l'ozone, qui formait désormais une couche protégeant les êtres vivants des rayons ultraviolets trop puissants, et leur permettait ainsi de se développer. Par ailleurs, l'oxygène, en décomposant la lumière solaire, donnait désormais au ciel la couleur bleue que nous lui connaissons.

– Ce sont donc les plantes qui ont donné ses couleurs à notre monde.

– Oui, elles ont rendu la mer verte – parce que celle-ci est pleine de plancton chlorophyllien. Et la mer verte fabrique à son tour du ciel bleu, par le biais de l'oxygène que dégage son plancton.

– Et le bleu de la Méditerranée ?

– C'est le fait d'un manque de plancton, d'une vie un peu chétive.

– Même si, en ces temps-là, les océans recouvrent encore totalement la planète, le plancton suffit à fabriquer tant d'oxygène ?

– Le phytoplancton produit énormément de matière. La Manche, par exemple, fournit, selon les estimations, autant de végétation que les prés qui la bordent. Elle dégage donc aussi beaucoup d'oxygène.

– C'est donc grâce aux plantes que le monde animal a pu exister.

– Parce que la planète est devenue respirable.

– Pourtant, au début, pour la vie végétale dont il était un déchet, l'oxygène, en grande quantité, pouvait se révéler délétère, non ?

– Effectivement, c'était un gaz toxique.

– On peut donc imaginer que des formes de vie ont existé, qui n'ont pas eu le temps de laisser de trace parce qu'elles ont été tuées par l'apparition de l'oxygène.

– Probablement, oui. Mais subsistent tout de même les fameux anaérobies, organismes vivant sans oxygène. Puis l'adaptation à ce nouveau gaz toxique est devenu un moyen de vivre. La respiration est un recyclage de déchet.

L'âge du fer

– Il est curieux de constater que le rouge de l'hémoglobine et le vert de la chlorophylle sont des couleurs complémentaires.

– Ce sont deux molécules très proches. Elles ne se différencient en fait que par le métal qu'elles contiennent : le fer qui rend l'hémoglobine rouge, et le magnésium qui rend la chlorophylle verte.

– On ne peut s'empêcher de penser aux petits hommes verts de la planète Mars… On rencontre par moments tant de correspondances, entre le monde végétal et le monde animal, que certaines fictions prennent corps…

– Hors de la science, il y a eu un courant qui s'est poursuivi depuis le Moyen Age et a culminé avec Goethe. Il essayait de comprendre l'ordre de la nature par analogies. Il y en eut une que je trouve extrêmement séduisante. Regardez un arbre : il émet des branches, avec des feuilles, qui sont plongées dans l'air où elles prennent du gaz carbonique avec lequel elles construisent des sucres. Elles rejettent de l'oxygène… C'est le monde végétal. Observez un corps : il n'a plus de branches mais des bronches. Celles-ci plongent, non plus dans l'air, mais dans le sang où elles prennent de l'oxygène, avec lequel elles vont casser les sucres véhiculés dans le sang par l'alimentation, puis les consommer en rejetant du gaz carbonique… C'est le monde animal. Vous voyez cette étrange similitude entre le monde vert et le monde rouge, qui sont désormais complémentaires. L'un s'extériorise quand l'autre s'intériorise. Plus les organes sont déployés à l'extérieur, mieux c'est pour le monde végétal qui s'efforce d'offrir la plus grande surface possible à la lumière du soleil. Plus c'est protégé, abrité à l'intérieur du corps, mieux cela fonctionne pour le monde animal.

– Pourtant, ne dit-on pas qu'il faut éviter de laisser des plantes, la nuit, dans une chambre à coucher, parce qu'elles consomment de l'oxygène ?

– C'est exact. Les plantes respirent aussi. De jour comme de nuit. Mais en volume d'échange, la respiration est beaucoup moins importante que la photosynthèse, bien que celle-ci ne s'effectue que de jour.

– Il s'agit d'un moteur de secours en quelque sorte, qui tourne au ralenti et prend le relais dès que la lumière baisse…

– Si vous voulez. La respiration seule ne permet pas

aux plantes de résister longtemps. Si la nuit se prolongeait, elles maigriraient et finiraient par mourir. Mais on s'est rendu compte que l'excès de lumière peut aussi bloquer la photosynthèse. Certaines plantes se sont habituées à vivre avec peu de lumière, comme les pervenches que l'on trouve sur le sol des forêts. Et toutes les plantes de sous-bois. En revanche, il existe des plantes tropicales qui vont jusqu'à stopper totalement leur photosynthèse, comme on retient sa respiration, de 11 heures à 16 heures au moment où le soleil est le plus fort. C'est en fait la chaleur qui ferme les stomates – les pores des végétaux – par lesquels se font les échanges gazeux. On a découvert cela il y a peu de temps. Cela montre combien les adaptations des plantes à l'environnement sont subtiles.

– Nés des plantes, les animaux aussi vont s'adapter, évoluer, vivre leur vie... L'un d'eux finira par devenir roseau pensant ! Pourtant, au cours de cette grande aventure, plantes et animaux conserveront des relations. D'abord parce que les végétaux vont se faire dévorer par ces nouveaux êtres qu'ils ont engendrés. Mais aussi parce que – bien plus tard – ils apprendront à se servir des animaux.

– Exactement. Mais dans une première phase, tant que la vie reste dans la mer, les plantes progressent beaucoup moins vite que les animaux, qui deviennent pluricellulaires et se complexifient considérablement. Un poisson, c'est un être extraordinairement évolué et qui a déjà inventé l'essentiel. Toutes les grandes innovations du monde animal se sont faites dans l'océan, pendant que les plantes se la coulaient douce, restant très largement unicellulaires. Il y a 600 millions d'années, l'évolution du monde animal est prodigieuse. Les formes actuelles sont inventées, et aussi plein d'autres qui n'ont pas été retenues, mais qui sont spécifiques de ces temps de créativité débridée. Tandis que la vie végétale, elle, ne va recommencer à avancer qu'au contact des terres émergées.

CHAPITRE 2

La colonisation de la Terre

Une algue s'adapte à la terre ferme, que ses descendants vont conquérir. Entrant en compétition les uns avec les autres, et confrontés à un environnement difficile, les végétaux se mettent à évoluer rapidement.

Le rouge et le vert

– Pour l'instant, les plantes – comme toutes les formes de vie – sont toujours dans la mer. Comment le continent qui est apparu peut-il avoir une influence sur elles ?

– **Jean-Marie Pelt :** La bande littorale a joué un grand rôle. Avec ses faibles profondeurs, ses marées qui la découvrent et l'inondent deux fois par jour, elle constitue un lieu de transition entre les deux mondes, le marin et le terrestre. C'est là que s'est effectuée une différenciation entre les algues. Vous pouvez observer le phénomène de nos jours en vous promenant sur la plage. Au bord, haut perchées, vous voyez les algues vertes, qui ressemblent à de la salade. Au niveau de la marée basse, là où l'on a encore pas mal d'eau et beaucoup de lumière, prolifèrent les algues brunes. Plus loin encore, en dessous de la marée basse, là où la mer s'assombrit, vivent les algues rouges, jusqu'à une profondeur de 80 mètres. Ces algues rouges manquent de lumière dans ces eaux profondes, aussi sont-elles restées sommaires, rustiques. Ce sont les brunes qui connaissent les conditions les plus favorables. Elles combinent l'avantage de l'éclairement et de l'accrochage aux roches, qui leur permet d'être ballottées par des eaux agitées, et donc riches en gaz carbonique. C'est pourquoi ces algues brunes sont celles qui ont le plus évolué. Quant aux vertes, elles supportent une situation difficile, puisque leur territoire reste longuement à découvert durant la marée basse. Elles résistent grâce à la couleur verte que leur donne une importante quantité de chlorophylle. Rouge, marron, vert… On peut voir ce passage évolutif des algues se faire sur la bande littorale. C'est très caractéristique de leur évolution.

– C'est une évolution liée à un déplacement dans l'espace. Vers la terre…

– Plutôt à une modification de l'environnement lui-même. C'est le fond qui a diminué et le littoral qui est apparu. Mais le résultat est le même, on va arriver à la terre ferme.

– Une terre guère accueillante.

– Elle est totalement déserte. Pas la moindre trace de vie, ni végétale ni animale. Que du minéral ! Les plantes n'ont pas encore donné d'humus, il n'y a donc pas de sols. Les roches sont nues… Qui pourrait s'adapter à une vie hors de l'eau ? Une plante qui connaît déjà cet environnement nouveau, grâce aux marées. Qui réalise une intense photosynthèse, la chlorophylle s'étant révélée, en mer, particulièrement efficace, non pas en profondeur, mais en surface, là où l'ensoleillement est très fort et où prolifère le phytoplancton. C'est l'algue verte qui possède ces qualités et qui va donc, il y a 430 millions d'années, conquérir la Terre.

– *C'est le débarquement sur les plages...*

– Si l'on veut... La couche d'ozone est devenue assez dense pour protéger des ultraviolets polaires qui interdisaient le rivage à la vie. Le bombardement terminé, les plantes pouvaient sortir de l'eau ! Mais il ne faut pas voir un bataillon d'algues vertes qui se décolle soudain de ses rochers... Non, ça ne se passe pas du tout comme ça. L'ère dont nous parlons, le silurien, connaît une période d'assèchement. L'eau recule. Il se forme donc des mares, des lagunes, des marécages dans lesquelles la vie est emprisonnée. Celle qui était la plus proche du littoral, bien sûr. Il y a là des algues. Les vertes vont survivre. Elles vont s'adapter.

Ni animal, ni végétal

– *Jamais plus je ne regarderai de la même façon cette salade sur laquelle on glisse quand on va pêcher des crevettes et attraper des crabes dans les rochers !*

– Il n'y avait sûrement pas beaucoup de crevettes dans les marécages, mais en ce temps-là est apparue sur la terre une forme de vie que l'on oublie toujours : les champignons. Ce sont des êtres pluricellulaires, en filaments, qui ne contiennent pas de chlorophylle.

– *Ce ne sont donc pas des plantes ?*

– Non. Ils en ont les allures, mais ce ne sont pas des plantes.

– *Ce ne sont pourtant pas des animaux…*

– Non plus. Ils se situent entre les deux. Comme les bactéries. Ce sont des règnes spéciaux.

– *Deux règnes qui nous empoisonnent la vie.*

– Oui, mais qui nous aident aussi pour beaucoup de choses.

– *Et les virus ?*

– C'est avant. Ils sont encore plus simples que les bactéries, à la limite du vivant. Les virus aussi sont à part, proches des cristaux. Des espèces de parasites de la vie. En fait, on peut dire qu'il existe le monde des virus, le monde des bactéries, le monde des champignons, le monde des plantes et le monde des animaux. Pour certains, il y a aussi le monde des humains, tant l'évolution de ce dernier animal a été importante depuis les singes.

– *Les champignons descendent de quoi ?*

– Des algues. Comme les animaux, ils ont un jour perdu la chlorophylle. Ils sont très anciens. Ils étaient dans la mer… Ils ont une manière secondaire de se nourrir, à partir d'aliments organiques. Ils consomment des déchets ou font du parasitisme. Ils se nourrissent de la même manière que les animaux. C'est en cela qu'ils leur ressemblent. Par ailleurs, ils ont des structures morphologiques de plantes, mais pas de chlorophylle. Chez quelques végétaux parasites, on constate d'ailleurs aussi la perte de la chlorophylle. Ils ne font plus de photosynthèse, puisant leur nourriture sur une autre plante…

Et la plante se leva

– Nous sommes donc dans la vase. C'est plein de champignons et d'algues vertes. Ensuite ?

– La vieille théorie, c'était que cette algue verte avait donné naissance à une mousse, qui était devenue ensuite une plante à vaisseaux, puis une plante à graines, pour arriver à une plante à fleurs. C'est ce que l'on m'a enseigné.

– Ça ne s'est pas passé comme ça ?

– Pas du tout… Il est exact que ce qui se rapproche le plus de l'algue verte, c'est la mousse qui, comme elle, n'a pas de vaisseaux et ne fabrique pas de bois. Or, il se fait que les mousses apparaissent bien plus tard que les premières plantes à vaisseaux, dont on trouve les premiers exemplaires très tôt : il y a 420 millions d'années. Il s'agit d'une plante dressée, elle n'est plus flasque comme l'algue. Elle a l'apparence d'un tout petit jonc de cinq centimètres de haut, se terminant par une sorte de fourche à deux dents. Cette division dichotomique est d'ailleurs tout à fait caractéristique des plantes archaïques. Une tige donc, à l'intérieur de laquelle des vaisseaux permettent à la sève de circuler. Autrement dit : par lesquels va passer l'eau, aspirée du sol. Si la plante sait faire monter l'eau, elle-même peut aussi s'élever vers la lumière. Il s'agit donc des plus anciennes plantes à bois – à lignine – que l'on ait découvertes. On les a trouvées en Irlande. On les appelle *Cooksonia*. Elles semblent être apparues 10 millions d'années seulement – très peu de temps à l'échelle de l'évolution ! – après la conquête du sol par l'algue verte.

– *Elles ont envahi la terre ?*

– Cette première végétation de la planète restait clairsemée. Elle s'était développée dans les zones lagunaires, marécageuses. Elle était très basse et sans feuilles. La photosynthèse se faisait par la tige.

– *Et ces* Cooksonia *constituent-elles un essai sans suite, ou bien ont-elles eu une descendance ?*

– Elles ont eu une postérité impressionnante ! Car il y a un autre élément tout à fait intéressant chez ces plantes : elles produisaient encore des spores, mais celles-ci ne nageaient pas, elles volaient. Elles étaient emportées et dispersées par le vent. L'influence de la mer diminuait donc, tandis que celle de l'air augmentait. C'est pourquoi on peut considérer les *Cooksonia* comme les ancêtres des plantes évoluées, même si elles ont aujourd'hui disparu, ne subsistant que sous forme de fossiles. Il reste cependant des choses qui leur ressemblent dans la flore actuelle : deux genres… Ce n'est presque rien ! Ce sont des plantes tropicales, qui paraissent bien descendre de ces étranges plantes irlandaises.

– *Quelle plante a succédé à la* Cooksonia *?*

– Quelque chose de semblable, mais en plus grand : la *Rhynia*. Cela mesurait 50 centimètres de haut. On a retrouvé les fossiles, vieux de 390 millions d'années, dans des grès rouges d'Écosse, à proximité de la petite ville de Rhynie. Le groupe des *Rhynia* comportait des herbes qui avaient déjà des espèces de pilosités. Il ne s'agissait pas encore de feuilles, mais d'une ébauche : on n'avait plus affaire à des semblants de joncs tout nus.

Le mystère des mousses

– *Que se passait-il sur la planète, pendant que les* Cooksonia *inventaient le bois ?*

– A la même époque, un poisson sortait de l'eau : l'*Ichtyostega* qui, en gros, a transformé au fil des générations ses nageoires en pattes et ses branchies en poumons, pour donner finalement naissance aux premiers batraciens.

– *Plantes et animaux ont donc quitté la mer en même temps ?*

– En tout cas, les animaux ont suivi de près, puisque c'était lié au recul des eaux qui obligeait les espèces du littoral à évoluer.

– *Au moins les catastrophes sont-elles un moteur de l'évolution !*

– Absolument. Et certains êtres simples s'adaptent alors en évoluant peu, comme les algues bleues ; d'autres, plus complexes, en évoluant beaucoup. Les organismes pluricellulaires ont donc dû évoluer considérablement.

– *Plus ils sont sophistiqués – donc fragiles – et plus ils doivent évoluer de manière radicale.*

– Oui, c'est leur faiblesse qui est devenue leur force. On avait donc ces sortes de joncs qui avaient déjà inventé le bois, et étaient bien installés, lorsque, beaucoup plus tard, par un autre courant, sont apparues les mousses. Et c'est un mystère, parce qu'elles étaient moins évoluées. Les mousses ne font pas de bois, pas de racines, et vivent un peu comme des algues.

– Elles n'ont rien inventé ?

– Si. Elles ont tout de même perfectionné la disposition tiges/feuilles, afin de prendre le plus d'air possible.

– Puisqu'elles ne descendent pas de la Cooksonia, *peut-on considérer qu'il s'agit d'une autre évolution de l'algue, qui n'a pas donné grand-chose ?*

– C'est très possible. On estime, d'après les fossiles, que les mousses sont seulement apparues il y a 350 millions d'années. Mais on sait aussi que, comme elles n'ont pas de bois, elles fossilisent mal, de sorte que l'on est encore moins sûr des dates que pour les autres espèces.

Oublier la mer

– Ce qui est sûr, c'est qu'il y a 350 millions d'années une plante minuscule a inventé la tige avec des feuilles…

– Et c'est fondamental, puisque cela a permis aux plantes terrestres de développer considérablement leur surface. Dans la mer, il faut beaucoup d'algues vertes pour faire la photosynthèse. Dans l'air, il faut que chaque plante augmente sa superficie en ayant le plus de feuilles possible afin de capter le maximum de lumière. Mais malgré cette invention, les mousses sont restées très marines. Pour se reproduire, elles ont besoin d'être mouillées, afin que leurs spermatozoïdes puissent nager jusqu'aux cellules sexuelles femelles, les oosphères. Exactement comme chez les algues. Si la mousse est sèche, elle ne peut plus se reproduire. Les plantes auront toutes les peines du monde à se débarrasser de ce mode de reproduction de type aquatique, mais elles y arriveront, contrairement aux animaux. Ceux-ci – nous y compris – produisent toujours des spermatozoïdes nageurs, vestiges de leurs ancêtres marins. Les plantes, elles, vont peu à peu se débarrasser de toute trace de la vie océanique en inventant des spermatozoïdes « à sec », véhiculés par un tube. Ils seront portés jusqu'à la cellule femelle, au lieu de nager dans un milieu liquide.

– Donc, une évolution beaucoup plus radicale que la nôtre.

– Beaucoup plus radicale ! Le système de reproduction de la plante a puissamment évolué, alors que celui de l'animal reste fondamentalement tributaire de l'élément liquide. Les végétaux dépendent, pour se reproduire, du vent, des insectes, des animaux, etc. Des vecteurs très diversifiés ! C'est d'ailleurs la raison pour laquelle le monde des plantes est beaucoup plus bourgeonnant que le monde animal où l'on suit une ligne évolutive simple : du poisson à l'amphibien, de l'amphibien au reptile, du reptile au mammifère…

– Le sevrage des plantes a été très rapide !

– Très. Déjà les spores des *Cooksonia* étaient emportées par le vent, et non plus par l'eau. Mais, sur le sol, elles continuaient à germer en un minuscule organe, le prothalle, qui ressemblait à une algue munie d'organes mâles et femelles. Pour aller de l'un à l'autre, le spermatozoïde devait toujours nager, exigeant donc que ce prothalle soit mouillé. La vie maritime n'était pas encore bien loin…

– *Et plus tard ? Que vont devenir les mousses ?*

– Pour elles, ça s'arrête là. Elles ont trouvé une adaptation et ne cherchent pas plus loin. Les mousses sont restées bêtement les mêmes depuis toujours. Elles ont le même aspect aujourd'hui que dans les fossiles les plus anciens. Rien n'a bougé.

– *Mais on ne comprend pas bien ce qu'elles sont venues faire, alors qu'existait déjà une plante bien plus évoluée !*

– C'est la raison pour laquelle certains biologistes pensent qu'elles sont peut-être régressives. Comme une sorte de *Cooksonia* qui aurait perdu ses vaisseaux. Car il existe aussi des évolutions régressives. Il faut toujours envisager cette hypothèse : une évolution qu'on ne comprend pas est peut-être, tout simplement, une régression. En cessant peu à peu de fabriquer des vaisseaux, la plante a de plus en plus de mal à faire monter la sève, elle rapetisse donc… Mais ce n'est qu'une hypothèse.

Toujours plus haut

– *Elle aurait en quelque sorte fait demi-tour. Comme les cétacés, ces mammifères nostalgiques, retournés à la mer… Mais, après tout, puisque la mousse est une impasse, on n'a pas besoin d'elle pour comprendre la suite de l'histoire.*

– Non. A partir de la *Cooksonia*, on peut pister deux grands pôles de l'évolution : l'appareil sexuel et l'appareil végétatif. Commençons par le second. La morphologie, c'est, apparemment, le plus simple… Donc, dès l'instant où la plante a inventé le vaisseau par lequel elle aspire l'eau, elle s'est mise à en fabriquer avec frénésie. Elle les a serrés les uns contre les autres pour former des faisceaux de vaisseaux. Puis des faisceaux de faisceaux de vaisseaux…

– C'était de la boulimie.

– Elle essayait de boire toujours plus d'eau. Du coup, elle devenait de plus en plus puissante, parce que plus elle montait, plus elle pouvait capter de lumière. Et plus elle était puissante, plus elle devenait capable d'aspirer l'eau du sol et de la monter haut. Ainsi se déroulait la compétition pour la lumière qui faisait que les plantes primitives grandissaient peu à peu.

– C'est vrai que le monde avait changé ! La terre ferme était devenue semblable à l'océan : verte.

– Totalement ! Le monde s'était couvert de végétation.

– Et toutes ces plantes entraient en compétition…

– Pour aller chercher la lumière, oui.

– Elles formaient une immense forêt, même s'il ne s'agissait pas encore de vrais arbres.

– Non, c'étaient encore de tout petits végétaux. Et ils tapissaient tous les sols meubles et humides, de sorte que chacun devait essayer de se dresser au-dessus des autres pour recevoir du soleil. La compétition pour la lumière est restée jusqu'à nos jours l'axe dominant de la vie des plantes, des luttes entre elles. Et puisque c'est celle qui monte le plus haut qui prend le plus de lumière, on vit naturellement les plantes devenir de plus en plus grandes. A – 380 millions d'années apparaissaient les premiers vrais arbres.

– Les fougères étaient déjà là ?

– Oui. Elles sont arrivées très longtemps après les *Cooksonia*, au dévonien, il y a 360 millions d'années. Mais elles avaient beaucoup de choses en commun avec les drôles de petits joncs. Elles faisaient des vaisseaux, donc elles décollaient du sol ; elles fabriquaient des spores, en l'air, qui tombaient par terre où elles formaient un prothalle. Leurs spermatozoïdes nageaient pour rejoindre les ovules. On n'était pas sorti de la reproduction dans l'eau… Les fougères en sont restées au même stade que les animaux !

– Il ne doit pas rester beaucoup de plantes qui fonctionnent encore comme ça aujourd'hui !

– Très peu. Ce sont des plantes tout à fait significatives du passé.

– Alors, voici les arbres…

– Oui. Trois grandes lignées étaient dominantes à l'époque. Oublions celles qui se sont complètement éteintes. Ce sont ces trois-là qui ont laissé des plantes actuelles. Il y avait donc la lignée des fougères, qui a donné des arbres encore existants : les fougères arborescentes. Ces plantes tropicales, formées de faisceaux de faisceaux de vaisseaux, peuvent atteindre 15 mètres. Deuxième lignée : celle des prêles. Vous savez, les « queues-de-rats », « queues-de-chat », ou encore « queues-de-cheval »…

– Oui. Une mauvaise herbe de terrains humides.

– Une mauvaise herbe, mais qui est le modèle réduit d'un grand arbre de l'ère primaire, appelé *Calamites*, et qui n'était autre qu'une queue-de-rat de 30 mètres de haut. On ne peut s'imaginer ce que cela pouvait être ! Le climat alors était chaud et humide, et la végétation à peu près uniforme sur toute la Terre. Ces impressionnantes forêts primaires ont atteint leur apogée au carbonifère, et leurs vestiges sont les charbons… Il faudrait en fabriquer des reconstitutions, comme on le fait pour les dinosaures…

– Ce serait certainement fascinant.

– C'est sûr. Il y avait aussi une troisième lignée d'arbres : celle des lycopodes, qui ressemblaient à des palmiers. Pour imaginer ce paysage, on dispose d'un très beau vestige de forêt à Gilboa, dans l'État de New York, où, en 1869, un torrent a érodé totalement ses berges, dégageant ainsi des souches d'arbres fossiles que l'on a pu dater de 350 millions d'années. C'est-à-dire juste à la veille du carbonifère. Il s'agit de l'une des plus anciennes forêts connues par les fossiles. Elle s'étendait sur plusieurs centaines d'hectares et se situait sur une côte, basse et marécageuse, sillonnée de cours d'eau.

– Les dinosaures n'existaient pas encore ?

– Oh, non ! Nous sommes une centaine de millions d'années avant leur apparition… Les animaux retrouvés à Gilboa étaient petits : des mille-pattes venimeux, de minuscules araignées, un petit acarien… Ces insectes ont disparu, comme les arbres. C'est tout un écosystème qui s'est éteint. Il n'y avait pas d'oiseaux dans les arbres : ils n'existaient pas encore. Pas non plus d'insectes butineurs : les fleurs n'avaient pas été inventées. Pas de papillons ni d'abeilles... On n'aurait pas entendu ce bourdonnement familier, ces chants et ces cris auxquels on est habitués, mais seulement le bruissement du vent dans les arbres. La planète était dramatiquement silencieuse. Un peu plus tard, en plein carbonifère, apparaîtront d'énormes libellules de 70 centimètres d'envergure et des cafards de 15 centimètres.

– Il n'y avait pas d'autres animaux que des insectes ?

– Si. Au début du carbonifère naît le premier amphibien à pattes et à poumons, c'est-à-dire le premier ancêtre de notre lignée. Mais, pas plus que les premiers insectes, cette espèce n'a été conservée.

– Certains des arbres ont-ils réussi à traverser les millénaires ?

– Seulement certaines fougères. Les autres nous sont parvenus sous forme d'herbes. Petites prêles du bord des chemins, et minuscules sélaginelles, en guise de grands lycopodes. La sélaginelle est une plante bien connue de ceux qui possèdent des serres tropicales : c'est un envahisseur dont il n'y a pas moyen de se débarrasser ! Vous voyez que, de l'ère primaire, il ne nous reste presque rien. Animaux, insectes et plantes sont tous devenus petits ou ont disparu. Il semble qu'une très grande taille constitue, en termes d'évolution, une fragilité.

CHAPITRE 3

Les grandes inventions

Une fois installés, les végétaux supérieurs vont surtout évoluer dans le domaine de la reproduction, afin d'assurer toujours mieux la survie de l'espèce.

L'œuf qui précéda la poule

– *En dehors de leur grande taille, est-ce que les arbres ont apporté quelque chose de neuf ?*

– **Jean-Marie Pelt :** Ils ont fait un grand pas en avant dans le domaine de la sexualité. C'est vrai qu'en ce qui concerne l'organisation morphologique, ils n'ont guère innové. En revanche, ils ont construit une boîte autour de leurs spores, pour les protéger. Celles-ci ne tombent plus par terre, elles restent dorénavant sur l'arbre pour germer. Les organes sexuels vont se créer en l'air. A l'intérieur de la boîte que l'on appelle *ovule* se trouvent les cellules féminines, et là s'effectuent désormais les contacts sexuels. Les spermatozoïdes, eux, sont formés sur un autre organe : des petits prothalles avec des cellules mâles, que l'on appelle *pollen*. Une fois de plus, les plantes qui ont inventé cela sont toutes mortes…

– Vous voulez dire qu'elles n'existent plus aujourd'hui ?

– C'étaient les fougères à graines. Et lorsqu'un botaniste nommé Oliver a découvert, en 1900, des fougères à graines fossilisées, tout le monde a commencé par se moquer de lui. Pour un botaniste, une fougère à graines constituait quelque chose d'insensé. Une poule avec des dents. Une rose sans fleur… Or, effectivement, on a trouvé par la suite d'autres fossiles de fougères qui comportaient, non pas des vraies graines, mais des ovules. C'est-à-dire, comme je viens de vous expliquer : des organes sexuels féminins enfermés dans une boîte et qui restent perchés sur la plante.

– Vous parliez aussi de pollen. Il existait donc avant l'apparition des fleurs ?

– Bien avant ! Simplement, on utilise le mot *pollen* plutôt à partir des fleurs, et, avant, celui de *spores mâles*, mais il s'agit exactement de la même chose ! Tout cela se passe donc dans les arbres. Mais, pour que les sexes puissent se rencontrer, il faut que le vent emporte le pollen qui contient les spermatozoïdes nageurs. Celui-ci vole donc au hasard et arrive – parfois ! – sur un ovule qui, à son contact, va se ramollir, se gélifier. En un mot, devenir partiellement liquide, permettant ainsi au spermatozoïde de nager pour rejoindre l'oosphère. Vous voyez que le caractère nageur est encore là, bien que déjà le pollen soit transporté par le vent. Mais on s'éloigne tout de même peu à peu de la mer…

L'arbre qui pond des œufs

– On s'éloigne aussi du sol ! Reste-t-il aujourd'hui des exemples de ce type de fonctionnement ?

– Deux : le *Cycas*, une espèce de faux palmier, avec un feuillage très dur, à l'aspect artificiel, que l'on voit partout dans les jardins sur la Côte d'Azur ; et le fameux ginkgo, l'« arbre aux écus ». Son pollen vole et atterrit sur un ovule énorme, gros comme une mirabelle. L'ovule se gélifie. Le spermatozoïde féconde l'oosphère. Et l'on a un œuf. Un œuf qui commence à se diviser pour donner un nouveau ginkgo... Il peut arriver aussi que l'ovule tombe au sol avant d'y être fécondé par un grain de pollen. Voilà comment les choses devaient se passer au carbonifère. Il faut aussi noter qu'à la fin de cette période, vers – 280 millions d'années, étaient apparus des arbres adaptés à la vie non marécageuse. Ils possèdent un système de racines très amélioré. C'est le cas par exemple des *Walchia*, qui sont capables de se développer dans des sols secs. Ensuite, ça s'est beaucoup perfectionné.

– Le carbonifère aussi a constitué une période riche en événements : les plantes, comme les animaux, inventent l'œuf !

– Oui, cela se passe à la même époque.

– C'est tout de même curieux, ces évolutions parallèles ! Comment se fait-il que plantes et animaux trouvent la même chose en même temps, ou presque ?

– Une fois sortis des eaux, les êtres vivants ont dû créer un milieu aquatique de substitution.

– Mais pas tout de suite… Alors, pourquoi en même temps ? Leur commune sortie de l'eau avait été une conséquence du reflux des océans. Mais quel phénomène a bien pu provoquer l'invention de l'œuf, cette adaptation, commune aux deux règnes ?

– On peut imaginer qu'il y a eu une alternance de climats humides et de climats secs. Si une période d'aridité se prolonge longtemps, l'évolution vers le terrestre s'accélère. L'invention de l'œuf, de ce point de vue, est tout à fait remarquable : même si dehors une sécheresse sévit, à l'intérieur, cela reste mouillé.

– Et la reproduction de l'espèce est assurée.

– Elle peut dorénavant se reproduire ailleurs que dans l'eau, oui.

– Plantes et animaux auraient donc développé, en même temps, le même stratagème pour survivre à une grande sécheresse ?

– Cela s'est très probablement passé ainsi. Mais, alors que les animaux vont se traîner pas mal de temps à l'âge des reptiles qui commence, les plantes, elles, vont beaucoup progresser. Elles viennent déjà pourtant de connaître une importante évolution morphologique.

– Laquelle ?

– Imaginez : vous êtes en vacances sous les tropiques. Vous vous êtes assis sur la plage, à l'ombre d'un cocotier… Vous pouvez remarquer, à la base de l'arbre, comme des faisceaux de petites racines. Si vous tronçonniez ce cocotier, vous verriez qu'il est formé de cela : les fameux faisceaux de vaisseaux. Or, une disposition très nouvelle est apparue, il y a 370 millions d'années, avec l'*Archeopteris*, l'arbre moderne qui précède le ginkgo, et les conifères. Cette nouvelle structure consiste en une zone concentrique à l'intérieur du tronc où s'effectue une différenciation des vaisseaux. Chaque année, ils se forment en cernes de plus en plus grands. Ceux que vous pouvez voir lorsque l'on coupe un chêne. Il s'agit là de la structure de toutes les plantes arborescentes actuelles, à l'exception des palmiers et des fougères qui marchent encore comme autrefois.

– *Quel est l'intérêt de ce changement de disposition des vaisseaux ?*

– Une meilleure spécialisation des cellules, qui va apporter plus d'efficacité, une plus grande possibilité de diversification.

– *En quoi consiste l'autre grand progrès ?*

– La naissance des conifères. Avec eux, première innovation : les spermatozoïdes perdent leur flagelle. Ils n'ont plus besoin de nager. Le grain de pollen amené par le vent sur l'ovule germe et forme un tube, dans lequel le spermatozoïde descend jusqu'à l'oosphère. A partir de ce moment, les plantes sont définitivement sevrées de la mer.

– *Qu'est-ce qui les a poussées à prendre ces distances avec leurs origines aquatiques ?*

– La sécheresse. Nous avons atteint le permien, un âge qui connaît un refroidissement dramatique durant lequel les écosystèmes sont pris dans les glaces. C'est l'une des périodes de l'histoire de la Terre où les décimations d'espèces sont colossales. Tout ce qui était adapté aux climats chauds et humides et aux marécages comme les prêles, les lycopodes et les fougères géantes du carbonifère disparaît.

– En fait, ce sont les plantes les mieux adaptées à l'époque précédente qui meurent.

– Tout à fait : l'adaptation trop poussée à un milieu peut devenir une faiblesse. Seule l'adaptabilité constitue vraiment une force. Le permien voit donc une montée des déserts. Le continent Nord-Atlantique, en particulier, qui regroupait alors en un seul morceau l'Amérique du Nord, le Groenland, l'Europe et le Nord de l'Asie, connaît une importante réduction de sa végétation, et le retour à des paysages antérieurs à la conquête du sol par les plantes.

Le stockage d'embryons

– Une situation aussi catastrophique n'entraîne-t-elle pas de spectaculaires évolutions ?

– Si, bien sûr ! Et c'est justement la seconde innovation des conifères. Il s'agit de la mise au point d'un processus dont, là encore, les animaux n'ont jamais réussi à se rendre maîtres : la naissance retardée jusqu'à un moment favorable. Autrement dit : la graine… Pour comprendre, revenons au ginkgo. Souvenez-vous : son œuf tombe par terre et donne une nouvelle plante. Pourtant, vous ne pouvez pas aller chez votre pépiniériste et demander des graines de ginkgo : ça n'existe pas ! Alors, qu'est-ce donc que la graine, qui sera inventée plus tard ? Eh bien, il s'agit d'un ovule fécondé, d'un œuf, dans lequel l'embryon stoppe sa croissance et se met dans un état de vie ralentie. Imaginez une femme qui, se retrouvant enceinte, déciderait d'arrêter l'évolution du fœtus au bout du deuxième mois pour reporter la fin de sa grossesse à quelques années plus tard, quand elle sera plus disponible…

– C'est un peu ce que l'on fait de nos jours avec les embryons congelés.

– Exactement ! C'est tout à fait ça ! Les plantes ont inventé l'équivalent des embryons congelés. Sauf qu'elles utilisent la dessiccation, au lieu du froid, pour obtenir ce résultat. La graine est la partie la moins humide : seulement 10 % d'eau contre 80 % dans le reste de la plante. C'est cela la grande invention des conifères : ils dessèchent le contenu de leur ovule qui devient la graine et, à l'intérieur, le petit embryon va laisser passer l'hiver et attendre le retour du printemps.

– Il leur arrive même de patienter plusieurs années…

– Cette petite graine va effectivement réaliser toutes sortes de performances. Certaines plantes savent « congeler » leur ovule durant de très longues périodes, d'autres pendant seulement très peu de temps. On retrouve là encore une logique du vivant qui montre bien l'astuce des adaptations. Ainsi, sous un climat tropical où il fait chaud et humide tout au long de l'année, il n'y a pas de raison, au fond, pour que l'embryon patiente, les conditions étant également favorables à son développement. En ce cas, la plante n'attend pas : les graines perdent très vite leur pouvoir germinatif. C'est le cas du cacao, par exemple. En revanche, dans nos régions qui connaissent des saisons froides durant lesquelles la plante ne peut pas pousser à cause de la terre gelée, l'embryon reste à l'état de vie ralentie, protégé dans sa graine, jusqu'à ce que le sol retrouve chaleur et humidité. Mais il existe des cas extraordinaires où certaines graines conservent leur capacité de vie durant de longues années. On a trouvé, dans des tourbières froides, des graines de lotus qui ont germé après 1 000 ans d'attente ! Au Japon, des graines de magnolia découvertes dans des couches géologiques faciles à dater avec précision ont germé après 2 000 ans. Le record absolu revient à des graines de lupin, retrouvées récemment, et datées au carbone 14 : elles ont germé alors qu'elles étaient vieilles de 10 000 ans. Cela signifie que des hommes du néolithique, ceux qui inventaient l'agriculture, ont pu voir les fleurs qui les ont produites… Le monde animal est totalement incapable de choses pareilles, parce qu'il n'a pas inventé la graine. Le fœtus se développe en continu, et si ce n'est pas le bon moment pour naître, tant pis : il meurt. La seule possibilité pour l'animal consiste à trouver un refuge, un endroit protégé, pour faire naître son petit.

– L'un maîtrise le temps, l'autre l'espace.

– Oui, le monde végétal ne peut se déplacer, mais il peut attendre. L'animal change de milieu, alors que la plante attend que le milieu change.

La plante, la mort et la vie éternelle

– C'est vrai que les plantes semblent souvent vivre dans un autre temps que le nôtre. A quelques rares exceptions près, comme certaines tortues, la durée de

vie des animaux ne peut se comparer à celle de nombreux arbres qui résistent plusieurs siècles. Comment peut-on expliquer une telle différence de rythme ?

– La plante possède une capacité d'allier la vie et la mort différente de nous. Nos cellules meurent, sont éliminées, remplacées... mais seulement jusqu'à un certain point ! Lorsque le renouvellement ne se fait plus, l'organe dépérit et l'organisme tout entier succombe. Dans le monde végétal, c'est différent. Des pans entiers de la plante peuvent périr. C'est très net lorsque l'on regarde les fameux cernes du bois : le cœur de l'arbre peut mourir, et même disparaître complètement, mangé par les champignons. L'arbre devient creux. Et cependant, ce qu'il en reste continue à vivre... Lorsqu'on atteint les records de longévité, comme chez les pins à longue vie de Californie qui subsistent après presque 5 000 ans, on s'aperçoit qu'en fait ces végétaux sont très vieux depuis très longtemps, et qu'une grande partie d'eux est morte. Les plantes possèdent en quelque sorte une capacité de mourir par morceaux.

– Et qui peut dire, en hiver, que tel arbre est mort ou seulement défeuillé ?

– Oui, le jeu de la vie et de la mort chez les végétaux nous est vraiment étranger. Le summum est atteint par ces vivaces qui ont dans le sol un rhizome, tel le muguet. Celui-ci est quasiment éternel. Il donne une tige feuillée au printemps, mais vous pouvez cueillir ses fleurs : la plante n'a pas besoin de se reproduire ! Elle se poursuit dans le sol... Elle détient un pouvoir de se perpétuer qui n'est absolument pas comparable à celui de l'animal. Les plantes ont aussi une étonnante aptitude à se régénérer :

fauchez l'herbe, il y a ensuite du regain. Il s'agit de la même plante, pas d'une autre, mais la croissance se fait, chez les graminées, par la base de la feuille qui pousse vers le haut. De sorte que, lorsque vous coupez le haut, le bas continue à pousser. Il existe de nombreux systèmes de régénérescence, de reviviscence, comme chez les mousses qui se déshydratent pendant les périodes de sécheresse, et ressuscitent à la première pluie…

– Certains animaux aussi sont capables d'abaisser leur métabolisme pour hiberner.

– Oui, dans ce cas on retrouve la même stratégie, mais elle n'est pas poussée aussi loin.

– Parce que les plantes sont moins sophistiquées ?

– Parce qu'elles sont moins coordonnées. La division du travail, dans leur organisme, et par conséquent la solidarité cellulaire, sont moins poussées. Encore une fois : l'animal a besoin de toutes ses parties pour fonctionner, pas la plante. Et cela entraîne d'importantes conséquences. Prenez un arbre qui souffre du cancer. Il présente une énorme tumeur, mais il ne va pas en mourir. Parce que, la plante étant moins coordonnée qu'un animal, le cancer ne fera pas de métastases. Il va rester confiné. La plante va l'isoler. Ce que nous ne savons pas faire. Nous ne savons ni faire du bois ni nous passer des organes qui vont de travers. Parce qu'elle est plus fruste, la plante est plus solide.

– Est-elle vraiment confrontée aux mêmes difficultés que nous ?

– Les problèmes sont les mêmes. Les réponses sont différentes. L'extrême sophistication qui nous a permis de développer un cerveau qui pense se paye par une inadaptation dans de nombreux domaines. A commencer par notre ultime dépendance aux végétaux ! Car nous ne pouvons pas vivre sans eux. Que l'on mange des légumes ou de la viande, il y a toujours les plantes à l'origine.

– *Nous sommes aussi tributaires d'elles pour respirer.*

– Aussi… Et quand on dit que la plante est dépendante du sol dans lequel elle est fixée, qu'elle ne peut pas bouger et se montre donc plus fragile, c'est inexact. Si cela est vrai pour les individus, cela ne l'est pas pour les espèces qui ont, par leurs spores et par leurs graines, une capacité de propagation très grande. La graine est un moyen de se déplacer dans le temps, mais aussi dans l'espace.

– *Certes, mais elle ne choisit pas son chemin.*

– Non, elle n'a pas la mobilité, comme nous. Elle va là où le vent ou l'animal l'emportent…

Le règne des conifères

– *Il faut bien reconnaître que c'est parfois ce qui nous arrive aussi. Mais revenons à ces conifères révolutionnaires. Ils apparaissent quand ?*

– A la fin du carbonifère, vers – 280 millions d'années. Ils ont ensuite dominé la Terre grâce à l'invention de la graine. Ils ont aussi très bien réussi dans la fabrication d'arbres. D'ailleurs, aujourd'hui, ils ne sont plus que cela. Toutes les autres plantes conifères ont disparu. Il faut dire qu'il en reste très peu : 600. Soit 1/500e du total des espèces végétales. Presque rien. Comme on en voit tout le temps, on a l'impression qu'il y en a beaucoup, mais ce sont les individus qui sont nombreux parce qu'on en a planté partout. Et ils occupent les territoires immenses qui constituent la taïga, au nord de la Sibérie, de l'Europe et au Canada.

– *On les trouve aussi en altitude.*

– Oui, altitude et latitude. Ils résistent mieux que les feuillus dans les climats froids, difficiles.

– *Ce n'est pas très logique. En perdant leurs feuilles, les caduques « hibernent ». Ils devraient mieux résister que les persistants.*

– Pour comprendre, il faut revenir à l'eau, celle qui monte à travers les vaisseaux. Elle est transpirée à 99 %. Seulement 1 % est utilisé par la plante dans la fabrication de sucres. La déperdition est prodigieuse. Les arbres sont des arrosoirs à l'envers qui envoient d'énormes quantités d'eau dans l'atmosphère. C'est pour ça qu'au-dessus des grandes forêts flottent si souvent des nuages. D'ailleurs, il pleut plus dans les régions forestières que dans les autres. Alors pourquoi les conifères résistent-ils si bien dans les climats très froids ? Parce que ce sont des espèces à feuilles très réduites, recouvertes d'un dépôt protecteur – la cuticule – très épais, et chez lesquelles la circulation de l'eau est cent fois moins rapide que chez les autres arbres. Les conifères ont un mode de vie ralenti, un « pas de laboureur » dans le monde des arbres. Et ils sont donc capables de se mettre en hibernation profonde, d'arrêter pratiquement tous les échanges à l'intérieur du sol quand celui-ci est gelé. L'hiver, ce sont des morts vivants debout. Ils ne bougent pas, ne respirent pas, ne transpirent pas, ne font pas de photosynthèse. Ce sont des espèces de statues, des momies figées. C'est comme ça qu'ils résistent aux pires froids.

– Mais il existe aussi des conifères dans les pays chauds.

– Très peu. Sous l'équateur, il n'y en a pas. Et ils sont rares sous les tropiques. Les conifères vivent dans les régions tempérées et froides des deux hémisphères, où ils ont été repoussés par les plantes à fleurs.

– Ils font un peu penser à certains dinosaures dont ils étaient contemporains. Ces monstres géants et caparaçonnés que l'on imagine lourds et gauches.

– Il faut avouer qu'ils battent des records de lenteur. Chez des êtres apparentés aux conifères que sont les *Cycas*, le spermatozoïde – qui bat également tous les records de taille puisqu'il est visible à l'œil nu – nage extrêmement lentement. Il lui faut 6 mois pour parcourir 5 millimètres à l'intérieur de l'ovule ! Chez le pin, c'est la graine qui met un temps fou à mûrir : la première année, vous voyez de tout petits cônes violets. Ils renferment les jeunes graines. L'année suivante, au même endroit, vous avez une pomme de pin verte. L'année d'après, vous avez une pomme de pin brune, ouverte, avec les graines qui sont en train de sortir. Tout cela a duré deux ans… Les pins à longue vie de Californie poussent extrêmement lentement et vivent presque 5 000 ans. Les séquoias sont très massifs, et ils battent également des records de taille et de poids. Il existe effectivement chez les conifères une sorte de lourdeur, et de lenteur dans les mécanismes de reproduction que l'on ne retrouvera pas chez les plantes à fleurs où tout ira très vite.

Jurassique Parc

– *Avec le permien, l'ère primaire s'est achevée. A quoi ressemble l'ère secondaire qui commence ?*

– Au début, c'est le trias. Dans l'hémisphère Nord, après la terrible sécheresse glaciaire, il y a encore peu de plantes et il se passe – en grand – ce qui arrive – en petit – dans la Chine d'aujourd'hui. Des averses violentes érodent considérablement le sol qui n'est plus fixé par les racines des plantes. Les inondations sont énormes, le ravinement très important. Puis, il y a 150 millions d'années, commence le jurassique avec son climat plus chaud et plus humide qui permet aux conifères, élevés à la dure, de s'épanouir dans des conditions nettement plus faciles. Apparaissent donc les grandes forêts de conifères, infiniment plus variées que celles que nous connaissons.

– *Elles comportent plus d'espèces ?*

– Infiniment plus ! Nos forêts à nous ne comportent que quelques espèces : les pins, les sapins, les épicéas et les mélèzes… Les forêts du jurassique sont composées de beaucoup d'espèces, sans doute plus de 10 000. Aussi bien à feuilles qu'à aiguilles… Les conifères sont alors à leur apogée, comme les dinosaures qui appartiennent au même écosystème…

– *Jurassique Parc !*

– C'est ça. Et c'est à la fin de cette époque, il y a

quelque 160 millions d'années, alors que certains reptiles se sont envolés en devenant oiseaux, que pointent, ici et là, quelques rares plantes à fleurs. Dans les forêts, le vert n'est plus la seule couleur et le bruit plus seulement celui du vent.

– Le monde du silence, qui a dû s'achever au carbonifère lorsque le premier cri a été poussé par un batracien que personne n'a sans doute entendu, est donc bien loin.

– Oui, nous arrivons à la forêt telle qu'on la conçoit maintenant.

CHAPITRE 4

Le temps des stratagèmes

Elles ne pensent qu'à ça : séduire, pour pouvoir se reproduire. Les plantes à fleurs, dernière grande innovation du monde végétal, manipulent les insectes, les animaux, et même les hommes, pour assurer leur dissémination.

Quand l'exotisme n'existait pas

– Après les conifères, nous arrivons donc aux stars. Quand les plantes à fleurs apparaissent-elles ?

– **Jean-Marie Pelt :** Au crétacé, il y a une centaine de millions d'années. Bien avant l'extinction des dinosaures qui s'est produite, brutalement, il y a seulement 65 millions d'années. Les fleurs sont nées dans les régions tropicales. La vitesse stupéfiante avec laquelle elles deviennent dominantes dans le paysage et occupent toute la Terre est un phénomène qui étonne les botanistes. Mais nous sommes de nouveau, au crétacé, dans une période d'uniformité des paysages liée au réchauffement. Ainsi, on avait des palmiers depuis l'équateur jusqu'à ce qui est aujourd'hui le Groenland.

– C'était donc un climat humide aussi, le réchauffement du Nord ne s'accompagnant pas d'une chaleur torride au Sud…

– Oui, on retrouvait une distribution de la végétation assez uniforme, quelle que soit la latitude. Prenons le cas de la région de Londres, qui a été bien étudiée : il y avait là une forêt de type équatoriale qui ressemblait à ce qu'est la forêt indo-malaise. Le climat était extrêmement différent d'aujourd'hui. On estime qu'au début de l'ère tertiaire il y a 50 millions d'années, la température moyenne à Paris était supérieure de 12 degrés à celle d'aujourd'hui, ce qui est considérable.

– Comment peut-on connaître ainsi les climats passés ?

– En appliquant la doctrine de Charles Lyell qui, en 1830, a énoncé ce qu'il a appelé la règle de l'uniformitarisme. Celle-ci dit que, lorsqu'on trouve une flore fossilisée dont on connaît, aujourd'hui, des exemplaires vivants, on peut en déduire que chaque plante du passé était adaptée au même type de climat que les plantes équivalentes actuelles. Donc, si l'on trouve aujourd'hui des palmiers fossiles dans une région, cela signifie qu'à l'époque des fossiles – que l'on peut déterminer aisément grâce aux couches géologiques – la région ne subissait pas une glaciation !

– Ainsi, il y a 50 millions d'années, la Terre était un paradis tropical…

– Dans le monde entier, à cette époque, on avait des magnolias, des ginkgos – très abondants ! –, des araucarias, des séquoias, des cyprès chauves… Mais au cours du tertiaire, le climat s'est refroidi de nouveau :

on voit dans les sédiments qu'il n'y avait plus de palmiers à Paris. On est passé à un climat tempéré chaud qui ressemblerait, non plus à l'équateur, mais au nord des îles Canaries, ou à la Louisiane.

– Les plantes que nous considérons aujourd'hui comme exotiques auraient, en fait, poussé chez nous dans le passé ?

– Pour nombre d'entre elles, certainement. Prenons le cas de la vallée du Rhône, par exemple. Avant les glaciations, c'était une région particulièrement chaude : le couloir rhodanien semble avoir été un passage par lequel le climat du Sud remontait vers le Nord. Il y a un million d'années, on y trouvait des palmiers. Les lauriers étaient nombreux, comme ceux qui composent actuellement des forêts entières dans le nord des Canaries et que les gens ne vont pas voir, parce qu'ils ne s'intéressent qu'aux plages ensoleillées du sud ! Entre Marseille et Lyon poussaient des ginkgos, des séquoias, des magnolias, des tulipiers, des canneliers, des avocatiers… Tout cela se retrouve sous forme de fossiles dans la basse vallée du Rhône.

Les femelles et les graines d'abord !

– Un monde fascinant vient donc de naître dans la touffeur tropicale, malgré l'extrême densité de la végétation… Quelles innovations ont permis aux plantes à fleurs une telle expansion ?

– Le plus important n'est pas la fleur elle-même. La grande innovation des plantes à fleurs consiste à ajouter à l'ovule – qui donnera la graine lorsque l'embryon cessera de se développer – une nouvelle tunique protectrice, que l'on appelle l'ovaire. Dans l'ovaire, il y a les ovules, chacun comme une petite boîte contenant un prothalle, porteur d'une cellule femelle. Des poupées gigognes… Après la fécondation, les ovules deviendront graines, et les ovaires se transformeront en fruits.

– C'est ce que, plus tard, les mammifères vont mettre au point à leur tour !

– C'est en effet ce qui va se passer. Ils développeront la même propension à bien protéger les cellules femelles.

– Et ce sont les plantes qui ont inventé cela les premières ?

– Cette protection intériorisée, oui. Il s'agit là d'une constante absolue de la vie : rechercher un abri toujours plus efficace pour la cellule femelle. Partant des mousses où il n'existe qu'une seule paroi protectrice, on arrive à la plante à fleurs où il y en a quatre. La femelle commence à être bien gardée !

– Cette obsession des espèces à développer des protections n'est-elle pas un peu inutile lorsque la situation climatique est si « confortable » ?

– Non : il ne faut pas oublier qu'elles sont toutes en compétition. D'autre part, les conditions climatiques favorables qui ont vu naître les premières angiospermes vont changer. (Les botanistes désignent ainsi l'ensemble des plantes à fleurs. *Angiosperme* signifie *graines enfermées dans un fruit*.) En effet, ces paysages tropicaux sont soudain bouleversés par les glaciations de l'ère quaternaire, qui débute il y a deux millions d'années.

– Je suppose que tout le paysage change à nouveau…

– Bien sûr. Les glaciations repoussent tous les écosystèmes vers l'équateur. Et ce mouvement, amorcé au tertiaire, s'amplifie prodigieusement au quaternaire, pendant le dernier million d'années au cours duquel les glaciers montent et descendent successivement. Ces mouvements font reculer la végétation tropicale vers le bas. Au maximum des glaciations, nous arrivons à une situation où Londres est à la limite exacte du glacier ; où Paris, un tout petit peu en dessous, a une végétation de type toundra, c'est-à-dire sans arbres, essentiellement des lichens et des mousses ; où le Jura et les Alpes sont entièrement recouverts par la glace. Cela ressemble à la situation du permien, qui avait vu naître les premiers conifères.

– Cela signifie qu'en quelques milliers d'années on est passé de la Louisiane à l'Alaska.

– Exactement.

L'invention de l'automne

– Un changement plutôt dur à supporter pour tout ce qui vit. Les premiers hommes étaient déjà là ?

– Oui. Il leur a fallu s'adapter à des périodes de froid terribles. Les arbres ont dû, eux aussi, développer des stratagèmes pour survivre : dans un climat glacé et un sol gelé, avec leurs feuilles qui transpirent, ils perdent leur eau sans pouvoir la renouveler et crèvent. Pour résister, ils inventèrent donc la chute massive des feuilles à la période la plus froide de l'année.

– C'est à cette époque-là que les arbres ont commencé à perdre leurs feuilles ?

– C'est à cette époque que s'installe le rythme de la chute de toutes les feuilles au même moment. Comme si la froidure épluchait les arbres. Car dans les forêts tropicales les feuilles tombent, mais elles se renouvellent au fur et à mesure.

– Les arbres ont donc inventé l'automne, il y a moins de 20 000 ans.

– Cela remonte sans doute à un passé plus lointain. Mais là, on voit le phénomène se mettre en place presque sous nos yeux. Cela dit, il faut savoir que les arbres de zones tempérées ou froides qui perdent leurs feuilles sont, en termes d'espèces, très peu nombreux par rapport aux arbres des tropiques. Dans une forêt française, il n'y a que quelques espèces au kilomètre carré, alors que sous les tropiques on en compte plus de cent. Chez nous, seuls ceux qui ont appris à perdre toutes leurs feuilles à la Toussaint ont pu survivre à l'hécatombe. Une partie de la végétation de type méditerranéen a bien tenu le coup aussi. Les plantes dont les feuilles sont très coriaces et couvertes d'une cuticule épaisse et qui, donc, transpirent très peu. Elles avaient appris à supporter la sécheresse, cela leur a permis de résister au froid. Les herbes aussi s'en sortent bien, parce qu'elles meurent, tandis que leurs graines restent enfouies dans le sol en attendant la fin de l'hiver pour germer. Elles ont donc un atout que n'ont pas les arbres, c'est pourquoi on en trouve beaucoup plus sous les hautes latitudes que sous les tropiques. Mais aucun arbre en revanche dans les toundras de la haute Sibérie, de l'Alaska ou du cap Nord !

– *Herbes au froid, arbres au chaud…*

– Oui. C'est ainsi que l'on a vu, dans certains cas, l'évolution prendre une forme régressive, en allant de l'arbre à l'herbe. Chez les pivoines, par exemple. On trouve la version arbre, plutôt favorisée sous les tropiques, et la version herbe mieux à l'aise en climats froids.

– *C'est dans ce monde difficile que les fleurs s'épanouissent.*

– Dans les régions tropicales d'abord ! Leur principal apport donc, c'est l'ovaire, qui constitue une préservation supplémentaire et qui, lorsque les graines seront mûres, donnera le fruit. Car maintenant, la graine est dans un fruit. C'est le pollen qui a provoqué la formation de celui-ci, en déclenchant des mécanismes hormonaux, annonçant que la fécondation a eu lieu.

L'alliance plante-insecte

– *L'arrivée des plantes à fleurs est aussi un événement considérable pour le monde animal.*

– Certainement. Elles donnent un coup de pouce formidable à l'évolution des insectes avec lesquels elles entrent en contact. Les fougères n'avaient que peu de rapports avec les insectes, parce qu'elles sont toxiques pour eux. Pour les mammifères aussi, d'ailleurs. Ce sont des plantes très compétitives, parce que les animaux ne les aiment pas. C'est sans doute la raison pour laquelle elles ont survécu jusqu'à aujourd'hui. La grande innovation des plantes à fleurs, c'est d'entretenir avec les animaux des relations d'un nouveau type. Elles vont en faire des vecteurs de leur fécondation. La pollinisation sera désormais assurée par des oiseaux et, surtout, par des insectes…

– C'est pour pallier leur faiblesse originelle : l'impossibilité de se déplacer ?

– Sans aucun doute, car le pollen, lui, doit se déplacer. Il voyageait par le vent. Un moyen très coûteux en spores, mais les plantes s'en moquent. Elles en produisent des quantités aussi phénoménales que nous des spermatozoïdes. La nature est prodigue en cellules mâles. Elle ne fait pas d'économies. Le transport par le vent était donc la règle, jusqu'aux plantes à fleurs.

– Pourquoi et comment un animal s'est-il soudain mis à transporter le pollen d'une plante à l'autre ? Comment cela s'est-il passé ?

– L'animal n'avait pas envie de transporter du pollen : il avait envie d'en manger. Il était attiré par le pollen parce que celui-ci a une odeur. Celle-ci plaisait aux coléoptères, insectes peu habiles, mais voraces. On a pu vérifier sur certaines cycadacées, antérieures aux plantes à fleurs, qu'en venant se goinfrer de leur pollen les coléoptères s'en mettent partout, puis volent jusqu'à un autre pied apporter celui qu'ils ont sur le corps. Nous nous trouvons donc en présence d'une fécondation qui ne relève pas d'une stratégie directe, mais constitue une conséquence de la prédation. Comme celle-ci s'exerce sur le pollen ça tombe bien, puisque c'est justement cela qu'il faut véhiculer. On ne peut donc pas dire que les plantes à fleurs aient été les premières à être fécondées par des insectes, mais, chez elles, c'est devenu un mode de fonctionnement courant.

– Et elles font aussi transporter leurs graines…

– Absolument. Et le fruit est le moyen de dispersion de ces graines. S'il est charnu, il sert d'aliment à tout un tas d'animaux – les oiseaux en particulier – qui rejetteront la graine par l'autre extrémité de leur tube digestif, loin de l'endroit où ils auront mangé le fruit. Chez les conifères, la graine tombe au plus mauvais endroit possible : sous l'arbre. La méthode des plantes à fleurs est donc infiniment plus efficace.

– Elles ont toutes abandonné le recours au vent ?

– Non. Dans nos régions tempérées, 20 % des plantes à fleurs continuent à confier leur pollen au vent. Les arbres des forêts par exemple : chênes, hêtres, peupliers… Et les graminées. En fait, toutes les plantes dont les fleurs sont à peine visibles. Puisqu'elles n'utilisent pas les insectes, elles n'ont pas besoin de se faire remarquer. Mais en ce qui concerne les graines, le vent reste aussi un moyen de diffusion pour de nombreuses espèces.

– Les hélicoptères des érables, et les parachutes des tilleuls…

– Oui, et les pissenlits qui sèment à tous vents… Il existe même des fruits qui, en séchant, éjectent les graines de leur cosse à plusieurs mètres ! Toute la stratégie des plantes à fleurs consiste à mettre en œuvre une politique de fécondation qui inclut la notion de transport.

L'interdit de l'inceste

– *On parle des ovaires, des graines, des fruits... Mais quelle est la fonction de la fleur ?*

– La fleur est une nouvelle enceinte protectrice, avec les sépales verts (quand le bouton est fermé). La corolle, qui s'ouvre ensuite, est l'appareil publicitaire qui va attirer les insectes. Enfin, au cœur de la fleur se trouvent les étamines qui produisent le pollen et au milieu le pistil, où se trouvent les cellules femelles. Comme les étamines et le pistil ne sont pas loin l'un de l'autre, on pourrait imaginer qu'il n'y a pas besoin d'insecte pour que les cellules des deux sexes entrent en contact. Mais pistil et étamines ne se tamponnent pas parce qu'ils ne sont pas assez souples. Le vent lui-même ne réussit pas à les faire se toucher, sauf dans des cas de figure extrêmement rares.

– *Quel est l'intérêt pour la plante d'interdire à ses propres étamines de toucher au pistil ?*

– Empêcher la consanguinité. La fleur se fait donc attirante pour l'insecte. Il vient sur elle prendre le nectar qu'elle fabrique exprès pour lui. Et se barbouille de pollen par la même occasion. Puis il va déposer ce pollen sur le pistil de toutes les fleurs sur lesquelles il se pose.

– *Mais pour que ça marche, il faut une autre fleur de la même espèce, n'est-ce pas ?*

– Bien sûr. Il existe 270 000 espèces de plantes à fleurs, et toutes ont un pollen différent. Le pollen permet de connaître une espèce aussi sûrement qu'une empreinte digitale rend possible l'identification d'un individu. Ce sont d'ailleurs sur les pollens que travaillent beaucoup les paléobotanistes, parce que les fleurs elles-mêmes sont trop fragiles pour laisser beaucoup de traces. Quant aux feuilles, elles se ressemblent toutes et ne peuvent donc pas être significatives.

– Comment ces plantes à fleurs multicolores surgissant dans un monde uniformément vert sont-elles arrivées, en un temps relativement court, à une telle profusion de formes ?

– C'est effectivement très étonnant. 270 000 espèces qui inventent toutes sortes de choses différentes…

– … dont la séduction ! Avant, il ne s'agissait que de reproduction. Avec les fleurs il se passe quelque chose de magique : elles ont mis au point des stratégies de séduction des insectes, et celles-ci opèrent aussi sur nous. Comme les insectes, nous sommes sensibles à leurs formes, à leurs couleurs, à leurs parfums. Au point que nous nous parfumons avec l'odeur des fleurs pour séduire. Les autres animaux sont-ils aussi séduits par les fleurs ?

– Je ne sais pas. Mais il est vrai que la maîtrise de la séduction par les fleurs est extraordinaire. Chez les orchidées *Catasetum*, qui poussent au Brésil, la fleur, très sophistiquée, émet une odeur mentholée. Eh bien, certains insectes mâles vont chercher cet arôme sur la plante et en asperger un petit territoire. Les femelles arrivent alors, et c'est dans ces lieux parfumés que mâle et femelle vont se rencontrer et copuler. Dans ce cas, la senteur a servi d'attraction, même en dehors de la fleur.

– Comme on le fait en offrant un parfum à une femme.

– Exactement. Il existe aussi la mouche d'Orient, qui va se fournir en parfum sur les pommiers et en asperge sa femelle avant de copuler avec elle… Ces insectes utilisent donc les odeurs des fleurs pour attirer leurs propres femelles, mais les fleurs font l'inverse. Elles savent souvent, comme les orchidées le font admirablement, se déguiser en insectes femelles pour attirer les mâles qui viennent se couvrir de pollen en tentant de s'accoupler au leurre.

– Aucun animal n'est naturellement parfumé ? Je veux dire : agréablement parfumé ?

– Non. Chimiquement, les animaux sont nuls. Ils ne savent pratiquement rien faire. Seules les plantes se sont engagées dans une élaboration chimique très poussée.

– On ne fait d'ailleurs pas beaucoup de médicaments à partir de molécules animales.

– Non. Les animaux n'ont pas besoin de se fatiguer : ils mangent les plantes. Ils trouvent toutes prêtes dans le monde végétal les molécules dont ils ont besoin. Eux se sont spécialisés dans les hormones, qui gèrent les interactions internes à leur organisme. Les plantes, elles, se distinguent par des inventions chimiques dans toutes les directions : certaines hormones, mais aussi des substances attirantes pour les pollinisateurs, ou repoussantes pour les prédateurs. La chimie des parfums est, en tout cas, une chimie végétale.

– Parfums, mais aussi formes et couleurs. Tout dans la fleur vise à séduire. D'ailleurs, on n'offre que

rarement une branche de sapin ou une brassée de fougères…

– Cette question intéressait beaucoup l'abbé Oraison, qui était aussi psychanalyste. Il s'étonnait que l'on puisse faire cadeau à quelqu'un d'organes sexuels de plantes, alors qu'il ne viendrait à l'idée de personne d'offrir un pénis de chien en arrivant dans un dîner en ville !

– Cela fait 100 millions d'années que les plantes à fleurs s'exercent à séduire. Elles ont pris de l'avance…

– Mais la séduction est antérieure aux fleurs ! L'algue *Chlamidomonas*, par exemple, bien que vulgaire unicellulaire ciliée, n'échange pas ses chromosomes avec n'importe quel partenaire. Lorsque deux *Chlamidomonas* se rencontrent, elles se touchent du bout des cils et, au bout d'un certain temps, s'unissent si elles se plaisent, ou bien s'en vont chacune de leur côté. Et, après avoir copulé, elles cessent d'émettre la substance chimique qui avait provoqué l'attirance. Un jeu de séduction existait donc, il y a un milliard d'années, entre deux algues. En fait, la séduction est apparue en même temps que la sexualité, avec l'idée de choix. Et l'arrêt brutal du désir de séduire, dès la copulation terminée, s'est perpétué, lui aussi : une fois fécondées, les fleurs fanent.

Fleurs fatales

– Post coïtum, vegetale triste… *Mais le mystère des fleurs reste entier : nous sommes en général peu émus par des algues en rut ou des crapauds-buffles énamou-*

rés. C'est l'universalité de la capacité de séduction des fleurs qui est étonnante.

– Oui. Inventées récemment, uniquement par les plantes, sophistiquées à l'infini, efficaces à l'extrême, les fleurs peuvent aller jusqu'à la manipulation la plus complète. Car il y a des fleurs qui manœuvrent les insectes de manière absolument extraordinaire. Mais se comportent parfois comme de vrais vampires : elles vont jusqu'à les tuer…

– Les plantes carnivores ?

– Aussi… Ces plantes dévorent les insectes, mais par leurs feuilles uniquement. Les fleurs ne sont jamais carnivores. Ce sont toujours les feuilles. Cependant, il existe des fleurs méchantes ! Comme les orchidées mimétiques, qui rusent avec l'insecte. Un de leurs pétales simule une femelle ; le mâle est attiré ; il entreprend de copuler et bien sûr n'y parvient pas, le pétale étant dépourvu de l'organe adéquat. Mais il est tellement excité qu'il émet du sperme quand même, avant de repartir avec du pollen plein la tête.

– Ce n'est pas si méchant que ça : après tout, l'insecte a eu le plaisir qu'il cherchait. C'est sa femelle qui doit être moins ravie d'avoir une telle concurrente.

– Il y a pire, c'est vrai. Chez les fleurs des asclépiadacées, les stratégies sont indiscutablement cruelles, puisque la fleur devient piège et se saisit de l'insecte par des pinces effrayantes. Chez les arums aussi : ils dressent une grande pièce verte, ou blanche (dans les bouquets de mariée), ou encore rouge, qui n'est pas une fleur comme beaucoup de gens le croient, mais une espèce de cornet, d'entonnoir. En dessous de cette pièce il y a un tube avec, tout au fond, une chambre pleine de minuscules petites fleurs. Les mouches descendent là-dedans, mais une fois qu'elles ont déplacé le pollen d'une fleur à l'autre, elles restent coincées à l'intérieur et meurent. Il s'agit là vraiment de plantes méchantes avec l'insecte qui leur rend service. Il est intéressant de noter qu'elles le séduisent par des mauvaises odeurs. Tout simplement parce que les mouches sont attirées par la viande en putréfaction. Mieux : certaines prennent la couleur lie-de-vin de la chair en décomposition, et même la forme : elles ont des poils, par-dessus le marché ! On dirait des cadavres. Tout cela produit une forte attraction sur les mouches.

– Donc, nous n'aimons pas toutes les odeurs que fabriquent les plantes à fleurs.

– Certaines sont même franchement repoussantes ! Comme celle de l'*Helicodiceros*, une plante du sud de la Sardaigne aux effluves absolument épouvantables. Là encore, les insectes attirés prennent le pollen, puis descendent au fond du cornet, fécondent les fleurs et restent emprisonnés durant trois jours. Puis la chambre s'ouvre. L'insecte, couvert de pollen et complètement groggy, est un peu dessoûlé par l'air. Il sort donc, puis va porter le pollen sur une autre plante, tombe dans une autre chambre où, cette fois, il meurt épuisé, asphyxié, d'avoir fait la même erreur. Les insectes ont en commun avec les hommes de répéter plusieurs fois la même bêtise…

La rose se couvrit le ventre

– Les 270 000 espèces de plantes à fleurs ont donc manifesté, en peu de temps, une inventivité stupéfiante. Pourquoi cette évolution s'est-elle arrêtée ?

– Elle ne s'est probablement pas arrêtée. Ce n'est qu'une distorsion du temps. Nous voyons les choses dans l'épaisseur d'une vie humaine, quelque 80 ans, alors que l'évolution se fait sur des millions d'années. Notre existence est trop éphémère pour que nous puissions repérer quelque chose. D'autant que nous n'étudions le monde végétal de près, systématiquement, que depuis 300 ans. C'est extrêmement court. Pourtant, des scientifiques se sont posé la question suivante : « Puisque les plantes à fleurs ont rajouté une protection à la cellule femelle pour donner l'ovaire, ont-elles, depuis, inventé encore une protection supplémentaire ? »

– Réponse ?

– « Oui. » Certaines fleurs s'entourent le ventre pour protéger leurs ovaires. Exemple : la rose. Ses ovaires sont dans une urne, que l'on voit très bien lorsque la fleur est fanée. Chez les roses sauvages, elle devient rouge. C'est le cynorhodon de l'églantine. Une nouvelle barrière est donc apparue, qui protège encore mieux les organes femelles de la fleur. Mais uniquement les organes femelles car, dans la rose, les étamines sortent. On a alors cherché à savoir s'il existait une plante, une fleur, où la nouvelle barrière engloberait cette fois pistil et étamines, les organes femelles et mâles.

Les fruits secrets du figuier

– *Et alors ?*

– On a trouvé le figuier. Ce que l'on appelle figue, et que l'on mange, n'est pas un fruit. Il s'agit d'un réceptacle qui contient des quantités de toutes petites fleurs, avec leurs pistils, leurs étamines, etc. Et ces fleurs donnent des fruits minuscules, ces petits noyaux qui craquent sous la dent lorsqu'on mange les figues…

– *Mais comment l'insecte peut-il effectuer une quelconque pollinisation si les fleurs sont ainsi enfermées ?*

– Il reste un passage secret. Une porte dérobée. Un petit trou à peine visible, à l'opposé du pédoncule, par lequel il peut se glisser.

– *Quel insecte peut s'introduire par un orifice aussi étroit ?*

– Des insectes hyper-spécialisés : les *Blastophaga*, qui pondent dans les figues. Leurs larves se développent à l'intérieur et deviennent, en se déplaçant de fleur en fleur, les agents de fécondation. Puis ils sortent… Peut-être cette innovation du figuier va-t-elle se développer, se répandre même, d'ici à 50 millions d'années… Une protection nouvelle aura alors été inventée et retenue par la nature.

– *A trop protéger leurs organes sexuels, les plantes ne rendent-elles pas la fécondation de plus en plus difficile ? Tout cela peut finir par se révéler contre-productif.*

– Sans doute. Mais personne ne peut vous décrire la situation dans 10 millions d'années ! D'autant que, d'ici là, l'homme aura peut-être mis une telle pagaille dans le monde végétal qu'on ne verra plus rien du tout.

– Au cours de leur histoire, il semble donc que les plantes, pour survivre, aient tout misé sur la reproduction, afin de sauver l'espèce. Du coup, elles ne semblent pas avoir développé de moyens de défense individuels réellement performants. Comment ont- elles donc pu traverser tous ces millions d'années alors qu'insectes et animaux les dévoraient et que les modifications de climat les décimaient ?

– Elles ont développé des défenses, comme les épines. Mais surtout – c'est le domaine dans lequel elles excellent – elles se protègent par la chimie. Nombre de plantes sont vénéneuses ou, au minimum, non comestibles.

– Mais on ne voit pas bien ce qui arrête une invasion de sauterelles…

– Ni de chenilles. Et pourtant, même sans l'intervention de l'homme, cela s'arrête soudain et l'on retrouve des milliards de chenilles mortes. C'est comme les lièvres blancs de l'Alaska qui prolifèrent régulièrement tous les 10 ans et dévorent alors 90 % des pousses de peupliers et d'aulnes. Peupliers et aulnes produisent alors des rejets que les lièvres ne touchent pas, même s'ils sont affamés…

– Et comment explique-t-on ces phénomènes ?

– Aux États-Unis, I. T. Baldwin et J. C. Schultz, du Darmouth College, dans le New Hampshire, ont trouvé, au début des années 80, que, lorsqu'on détruit une partie du feuillage d'un peuplier, d'un érable, ou d'un chêne, le reste de l'arbre riposte en produisant des substances non comestibles pour un herbivore, à ce niveau de concentration. En particulier des tanins. Bref : si on le mange trop, l'arbre se rend indigeste !

– Voilà qui est certes étonnant, mais cela n'explique pas que les insectes ou les animaux renoncent à manger des plantes encore indemnes.

– C'est ce que se sont dit les chercheurs qui ont été stupéfaits de découvrir, en analysant les feuilles d'arbres voisins non blessés, que leur concentration en tanins avait augmenté dans les mêmes proportions. Seule explication raisonnable : les arbres blessés avaient lancé un signal d'alerte aux autres.

La mort mystérieuse des koudous

– Comment ?

– Bien souvent en sciences, lorsque l'on commence à se poser une question, on découvre que d'autres y travaillent également. A la même époque, en Afrique du Sud, le professeur Van Hoven, de l'université de Pretoria, cherchait à comprendre pourquoi des koudous, une sorte d'antilope qui se nourrit du feuillage des acacias, étaient morts de faim à côté d'arbres qu'ils avaient refusé de brouter. Le stress de la captivité ne constituait pas une explication satisfaisante car le terrain, quoique clos, était vaste. En réalisant une autopsie des animaux morts, le professeur Van Hoven a découvert dans leur estomac de grandes quantités de feuilles non digérées, à cause de leur très forte teneur en tanins.

– *Une confirmation donc, mais peut-on expliquer le phénomène ?*

– Les recherches se poursuivirent, et une expérience fut tentée. On amena un groupe d'étudiants munis de bâtons qui frappèrent les branches basses des acacias, déchiquetant leurs feuilles. Celles-ci furent analysées de quart d'heure en quart d'heure. La quantité de tanin augmentait régulièrement, au point, au bout de deux heures de mauvais traitements, d'atteindre deux fois et demie la teneur initiale. Cent heures après l'agression, le taux de tanin dans les feuilles était redevenu normal. Les chercheurs recommencèrent alors l'expérience, en épargnant certains arbres. Tous ceux qui étaient situés dans un rayon de trois mètres d'un arbre battu augmentèrent eux aussi leur production de tanin. Il y avait forcément eu une communication entre les arbres…

– *Par quel media ?*

– On envisagea d'abord un message chimique véhiculé par les racines. Mais aucune expérience ne permit de vérifier cette hypothèse. La solution vint de Baldwin et Schultz qui découvrirent que les plantes communiquent entre elles par un gaz très simple – il ne comporte que deux atomes de carbone : l'éthylène. Il s'agit d'une véritable hormone gazeuse. Sécrétée par une plante, elle agit sur des plantes voisines. En fait, on savait déjà que l'éthylène jouait un rôle dans la maturation des fruits, puisque son intense émission par des pommes en train de mûrir, par exemple, active le jaunissement de bananes vertes placées à proximité.

– *L'éthylène active donc le mûrissement des fruits et*

la production de tanin dans les feuilles. Peut-on, pour autant, en faire un vecteur de communication ?

– Il joue en tout cas le rôle d'un signal. En 1994, on a découvert que, associé au jasmonate de méthyle, une hormone végétale gazeuse récemment découverte, il suscitait sur de jeunes plants de tabac la mise en œuvre de gènes spécialisés dans la défense contre les parasites.

– Puisqu'ils sont de si bons chimistes, pourquoi les végétaux n'utilisent-ils pas aussi d'autres gaz ?

– Ils le font. Mais nous sommes seulement en train de découvrir ce phénomène. On sait maintenant que des plants de maïs attaqués par les chenilles émettent un cocktail gazeux qui attire des guêpes, destructrices de ces chenilles. Les choux ont une stratégie similaire lorsqu'ils sont broutés par la fameuse piéride du chou : ils émettent un gaz qui attire une petite guêpe. Celle-ci pond alors ses œufs parmi les larves de piérides qui seront partiellement détruites.

La tactique de la coccinelle

– Toujours la manipulation des insectes…

– Oui, mais certains ont compris avant nous comment les plantes se défendaient. Ainsi, la coccinelle du Mexique prend bien soin, avant de manger, de découper un cercle dans la feuille de courge en ne laissant que quelques points d'attache étroits, un peu comme un timbre. Elle s'installe alors au centre du cercle et broute tranquillement : l'information passe mal à travers la feuille à demi découpée qui met beaucoup plus longtemps à devenir toxique. Le lendemain, la coccinelle recommencera son manège, mais sur une autre feuille, située à plus de six mètres de la première.

– Comment se fait-il que les herbivores, comme les koudous, n'aient pas saisi ce que la coccinelle a su sentir ?

– Certains l'ont sans doute compris ! Observez le comportement des herbivores : ils ne s'acharnent jamais très longtemps sur le même coin d'herbe, ou le même feuillage. Ils semblent chipoter. Ils mangent en se déplaçant d'un air négligent, d'un endroit à l'autre, sans jamais achever leur repas là où ils l'ont commencé, alors qu'il reste encore de l'herbe ou des feuilles qui semblent appétissantes… Peut-être ont-ils expérimenté des mécanismes de riposte végétale, telle la production intense de tanin ou de protéines, lorsqu'ils s'acharnaient sur la même plante, ou broutaient l'herbe trop longtemps au même endroit…

– L'histoire des plantes n'est donc pas terminée, parce qu'elles continuent à évoluer, mais aussi parce que nous avons encore beaucoup à apprendre sur elles.

– Sans aucun doute ! Et cela rend d'autant plus dramatique la disparition accélérée des espèces, sauvages ou domestiques, car une menace pèse aussi sur les plantes cultivées sur lesquelles on procède à des manipulations génétiques risquées dont personne n'est capable aujourd'hui d'évaluer les conséquences à long terme.

CHAPITRE 5

L'arbre des villes et l'arbre des champs

Les animaux aussi ont inventé, évolué, et l'apparition de l'homme, dont l'intelligence est unique dans le monde vivant, même si elle n'est pas toujours bien employée, va bouleverser la Terre en un temps très bref.

L'homme catastrophe

– *S'il est vrai que les grandes catastrophes sont des moteurs de l'évolution, l'espèce humaine constitue un sacré moteur !*

– **Jean-Marie Pelt :** Oui. Nous sommes la dernière des grandes catastrophes, tant pour les animaux que pour les végétaux.

– *Dans le monde animal, on en est aujourd'hui réduit à tenter de sauver ce qui reste d'un grand nombre d'espèces en voie d'extinction…*

– Dans le monde végétal aussi ! C'est la raison pour laquelle les « jardins botaniques » – c'est ainsi qu'on les appelait autrefois – sont devenus des « conservatoires ». On a changé de vocabulaire parce que leur fonction a changé.

– Beaucoup de plantes disparaissent ?

– Malheureusement. Alors même que toutes celles qui existent sur cette planète n'ont pas encore été recensées ! Ainsi, personne ne peut dire combien d'espèces viennent d'être anéanties dans les terribles incendies qui ont ravagé l'Indonésie en 1997…

– Pourtant, cela n'a pas préoccupé grand monde : les malheurs des hommes étaient plus importants que ceux des herbes.

– C'est normal. Tout de même : je ne peux m'empêcher de songer à la phrase du grand zoologiste américain Mac Millan, au siècle dernier, à propos d'un thème similaire : « Ce qui compte dans la sauvegarde des condors et de leurs congénères, disait-il, ce n'est pas tant que nous avons besoin des condors, mais que nous avons besoin des qualités humaines nécessaires pour les sauver ; car ce sont précisément celles-là qu'il nous faut pour nous sauver nous-mêmes. »

– Et, plus prosaïquement, les plantes sont souvent immédiatement utiles, comme lorsqu'on leur trouve des propriétés médicinales. Telles les vertus anticancéreuses de l'if, récemment établies.

– L'if que l'on voulait justement faire disparaître ! Dès l'Antiquité on a eu peur de cette plante, parce qu'elle est toxique. Elle avait une réputation dramatique.

– Ce sont les cimetières qui l'ont sauvée…

– Exactement ! Du coup, les ifs sont devenus les arbres les plus vieux de France. On les voit dans les cimetières de Normandie… Il s'est passé quelque chose de semblable en Extrême-Orient, avec le ginkgo : on n'en connaissait plus que quelques reliquats, en particulier autour des pagodes. Puis on a identifié dans le ginkgo des substances qui favorisent la circulation cérébrale…

Les plantes qui aiment les humains

– *Certaines plantes s'adaptent bien à l'homme. Certaines prolifèrent même à son contact, comme le sureau…*

– Ce sont les végétaux qui se nourrissent des déchets humains. Il s'agit d'une adaptation étonnante. Ils apprécient les lieux riches en azote, les endroits où l'on déverse des ordures, ou encore les zones qui ont reçu beaucoup de bouses autour des abreuvoirs. Un jour, on retire les vaches, et ces plantes s'en donnent alors à cœur joie. On les appelle « rudérales », du latin *rudera :* les décombres. Elles accompagnent l'homme en suivant ses déchets et, sur ce type de terrain, sont hyper-compétitives.

– *Il s'agit d'équivalents végétaux des rats, pigeons et autres goélands.*

– C'est tout à fait ça.

– *L'impact des humains ne serait donc pas seulement négatif ?*

– Non, on ne peut pas dire cela. L'homme, surtout depuis les dix derniers millénaires avec l'invention de l'agriculture, au néolithique, puis une accélération à partir de la Renaissance, avec la découverte des continents lointains, crée un nouveau facteur écologique majeur qui modifie toute la donne. Parce qu'il s'est mis à transporter les plantes au loin. Bien plus loin que leurs graines n'auraient pu le faire en utilisant seulement le vent et les oiseaux. Le développement des moyens de transport, la vitesse de circulation des êtres vivants ont entraîné un phénomène important de délocalisation des végétaux. Mais ce nouveau facteur est comparable aux grands mouvements climatiques qui ont déterminé la répartition des plantes sur notre globe…

– Justement : pourquoi des espèces exotiques qui se sont parfaitement adaptées au climat lorsque les hommes les y ont installées ne se trouvaient pas, ou plus, en Europe ?

– A la fin des grandes glaciations, il y a quelque 12 000 ans, les espèces végétales, réfugiées sous les tropiques comme des hirondelles en hiver, ont commencé à remonter vers les zones tempérées, au rythme du réchauffement. En Amérique, il n'y avait aucun obstacle au voyage des graines : toutes les grandes chaînes de montagnes – Appalaches, Rocheuses, cordillère des Andes – sont orientées nord/sud. En Europe en revanche, la mer Méditerranée constituait une barrière infranchissable. Pendant les glaciations, nombre d'espèces sont donc mortes, faute de pouvoir descendre vers le sud. Et, lors du réchauffement, les plantes présentes en Afrique n'ont pas pu remonter, de sorte qu'au cours du quaternaire, la flore de l'Europe s'est beaucoup plus appauvrie que celles de l'Asie ou de l'Amérique.

Retour au pays

– *Donc, ce que le froid avait fait disparaître l'homme l'a fait revenir…*

– En partie. Prenons un exemple : l'Amérique du Nord. Elle nous a permis de retrouver le faux acacia aujourd'hui répandu partout sous le nom de robinier, en souvenir de Jean Robin qui l'avait installé vers 1600 à Paris, où deux échantillons très anciens se trouvent toujours. Le thuya est venu dans les bagages de Jacques Cartier. La vigne vierge est arrivée en 1629 ; le cyprès chauve en 1640 ; le tulipier en 1688 ; la symphorine, que tout le monde connaît, en 1730 ; le *Magnolia grandiflora* en 1737… Il faudrait aussi citer l'érable, les phlox, les viornes..

– *Toujours d'Amérique du Nord ?*

– Toutes les espèces que je viens de vous citer viennent – ou reviennent ! – d'Amérique. N'oublions pas le séquoia, qui n'est arrivé qu'après la conquête de l'Ouest. Il faut aussi mentionner le *Pseudotsuga* que M. Douglas a rapporté au XIXe siècle. Il a été abondamment planté dans les bois comme un arbre forestier, et on le connaît sous le nom de sapin de Douglas ou même, plus simplement, de Douglas. Cette énumération est loin d'être exhaustive et l'on pourrait faire ainsi une liste de plantes importées pour chaque continent…

– *L'homme sert donc de moyen de dispersion des espèces, au même titre que le vent ou les oiseaux. Mais ne risque-t-on pas de se retrouver un jour avec les mêmes plantes partout ?*

– Oui et non. Pour s'installer dans un lieu nouveau, un végétal doit retrouver les conditions de son habitat d'origine. On peut recréer artificiellement ces conditions dans des jardins botaniques, mais la plante ne se naturalisera jamais si l'environnement ne lui convient pas. C'est quand même la nature qui décide en dernier ressort ! En revanche, on commence, c'est vrai, à retrouver les mêmes plantes dans tous les lieux à climat identique et conditions de vie semblables.

Petit herbier de la Côte d'Azur

– Par exemple ?

– On voit très bien ce phénomène en observant la végétation de la Côte d'Azur. Lorsque Jules César est arrivé en Gaule, il a trouvé une forêt de chênes verts, avec des oliviers sauvages… Je crois que même le pin d'Alep n'était pas là. Ou alors en tout petit nombre, sur les rochers calcaires de l'extrême littoral… Il y avait une végétation relativement dense par endroits (elle avait tout de même été défrichée depuis le néolithique) et assez peu diversifiée.

– C'est presque le contraire de ce que nous voyons aujourd'hui !

– Oui. On peut d'ailleurs faire un inventaire sommaire de ce que l'on trouve actuellement, vous verrez que presque toutes les plantes qui caractérisent cette région y sont en fait étrangères. D'abord, les palmiers de la Croisette ou de la promenade des Anglais. Ils ont été importés des Canaries, d'Amérique et du Moyen-

Orient. Il n'existait, dans la Provence au temps de César, qu'un petit palmier sauvage nain : le doum ou *Chamaerops humilis*, que l'on trouve encore au sud de la Méditerranée, au Maroc et en Algérie. Le *Chamaerops* n'a disparu de son ultime refuge, les environs de Menton, qu'il y a 150 ans.

– Il a donc été remplacé par des espèces plus grandes, mais que l'on ne peut rencontrer à l'état sauvage.

– Effectivement, il s'agit d'arbres d'ornement. On trouve aussi dans le Midi l'eucalyptus, venu d'Australie il y a seulement un siècle et demi ; et le mimosa, plante emblématique de la région niçoise, qui est pourtant originaire d'Australie lui aussi. Les citrus – orangers, mandariniers, etc. – ont été rapportés de la Chine qui possède une frange méditerranéenne – long été chaud et court hiver humide et doux. D'Afrique du Sud, où le climat est proche du climat méditerranéen, nous viennent tous ces pélargoniums que, dans le langage commun, on appelle géraniums.

– Et les pétunias qui, sur les balcons, rivalisent avec les géraniums ?

– Ils viennent du Pérou, où on les avait baptisés *petún*. D'Afrique du Sud proviennent aussi les aloès, qui ressemblent aux agaves, mais avec une seule tige. Les agaves, qui peuplent les talus de chemin de fer, sont, eux, originaires du Mexique. Les figuiers de Barbarie ont également été importés d'Amérique. Quant au platane, qui prodigue l'ombre sous laquelle on joue à la pétanque sur les places de village et sans lequel le cours Mirabeau d'Aix-en-Provence ne serait pas ce qu'il est, il provient de deux variétés qui se sont hybridées spontanément dans le jardin botanique d'Oxford, au XVIIIe siècle. Il résulte donc du croisement d'une souche entrée en France au XVIe siècle en provenance de Turquie, via l'Italie, et d'une autre variété venue d'Amérique. Cet arbre a beaucoup contribué au changement de physionomie du Midi.

– Et de beaucoup de routes et de villes françaises bien plus au nord !

– Les bougainvillées, elles, ont été rapportées de Rio de Janeiro au XVIIIe siècle par Philibert Commerson, le botaniste de Bougainville... Vous voyez donc qu'au cours des quatre derniers siècles la végétation de la Côte d'Azur s'est transformée radicalement.

La proie des flammes

– Mais nous parlons des plantes urbaines. Or, dans l'arrière-pays, là où César voyait une forêt de chênes verts, on ne trouve plus que la garrigue. Ce qui reste après les déboisements et les incendies...

– Absolument ! Il s'agit d'une végétation secondaire, dans laquelle on n'a pas éprouvé le besoin de planter les végétaux dont nous venons de parler. La forêt n'a pas eu le temps de se reproduire seule à cause de la multiplication des feux d'origine humaine. Le feu a toujours existé, provoqué par la foudre. Certaines couvertures végétales ne marchent même que par le feu. Le chaparal par exemple, en Californie, est une végétation de type garrigue qui se renouvelle continuellement par le feu. En Afrique du Sud, certains incendies régénèrent l'écosystème en détruisant les plantes anciennes et en facilitant la germination des graines. Mais dans les régions méditerranéennes, 90 % des feux sont désormais d'origine humaine. Il y en a donc infiniment plus qu'avant. Et la végétation n'a plus le temps de se renouveler que déjà elle rebrûle ! Ne peut s'installer alors qu'une couverture secondaire d'autant plus dégradée que le sol s'appauvrit : la terre, n'étant plus fixée par des arbres, est emportée par les violentes pluies d'orage.

– Est-ce que les écosystèmes méditerranéens n'ont pas toujours été particulièrement fragiles ?

– A l'époque d'Homère, la Grèce était couverte de forêts. Et quatre siècles plus tard, Platon, dans *Critias*, se désole que le pays ait été déboisé à ce point. Il dit que les montagnes de Grèce ressemblent à un squelette qui a perdu sa chair. La dégradation du pourtour méditerranéen avait donc débuté dès la plus haute Antiquité, avec l'accroissement de la population.

– Ulysse et les siens étaient des marins, or la construction de navires consomme beaucoup de bois…

– Mais tout cela est si ancien que les Grecs d'aujourd'hui ont perdu ce souvenir des forêts, encore présent chez Platon, au Ve-IVe siècle avant J.-C. Les enfants espagnols, par contre, apprennent tous à l'école qu'il y a quelques siècles, avant le développement excessif des troupeaux, lié à l'or du Pérou, l'Espagne était entièrement couverte de forêts. Un écureuil, dit-on, pouvait passer d'arbre en arbre des Pyrénées jusqu'à Séville.

DEUXIÈME PARTIE

L'invasion humaine

CHAPITRE 1

La savane apprivoisée

L'homme est arrivé. Pendant des millénaires, il chasse et cueille. Puis se produit un événement considérable tant pour l'histoire des plantes que pour celle de tout ce qui vit : il invente l'agriculture.

Des fourmis et des hommes

– C'était il y a 10 000 ans. Pour la première fois, un représentant du règne animal, l'homme préhistorique, se mettait à organiser et à contrôler à son profit la reproduction et la croissance de végétaux…

– **Marcel Mazoyer :** Ce n'était pas la première fois ! Depuis des millions d'années, certaines espèces de fourmis cultivaient des champignons, tandis que d'autres élevaient des animaux : des pucerons.

– Jean-Marie Pelt expliquait que les champignons ne sont pas des plantes…

– Il a raison : pas vraiment des plantes et encore moins des animaux… Mais il s'agissait de culture, d'une véritable agriculture. Et c'est ce qui compte : le principe, inventé par ces petites bestioles, avant même l'existence de l'homme. On a découvert récemment qu'elles vont jusqu'à sécréter des herbicides, pour empêcher l'envahissement de leurs « champs » par les mauvaises herbes !

– Tout de même, ce qui se passe au début du néolithique – l'âge de la pierre polie – constitue une révolution aux conséquences plus considérables que l'association fourmis-champignons.

– Bien entendu. L'impact de l'agriculture humaine sur le monde est sans commune mesure avec celui des minuscules exploitations fourmilières. Mais il me semble important de ne pas oublier que d'autres formes de vie ont, elles aussi, été capables d'inventions étonnantes.

Les plantes à l'âge de la pierre

– A quoi ressemblait la Terre à la veille de l'événement ?

– Si l'on faisait un inventaire des espèces de cette époque, on trouverait à peu près ce que nous pouvons voir aujourd'hui. Un certain nombre de végétaux – et d'animaux – ont certes disparu, mais depuis cette époque l'évolution n'a pas pu donner naissance à beaucoup d'espèces : 10 000 ans, c'est beaucoup trop bref. Quant à la répartition de la végétation, elle devait ressembler à ce qui se passerait si l'homme s'en allait maintenant, abandonnant la planète à la friche. Au bout d'un millénaire, des paysages proches de ceux qui existaient au début du néolithique se seraient reconstitués.

– Le climat était donc similaire ?

– Oui. La glaciation de Würm, la quatrième et dernière, avait pris fin il y a moins de 12 000 ans. La banquise avait fondu ; le niveau des mers était remonté ; partout on avait des climats proches de ceux qui prédominent actuellement. A part certains endroits où les dégâts causés par l'homme sont sans doute irréparables, on peut donc imaginer l'aspect du monde de cette époque en extrapolant à partir de ce que nous voyons aujourd'hui.

– Il y a tout de même eu pas mal d'espèces qui ont voyagé et ne quitteront plus les nouveaux territoires dans lesquels elles se sont acclimatées.

– Effectivement : l'homme a transporté de nombreuses plantes d'un continent à l'autre. Mais je crois qu'elles ne modifieraient pas les grands profils de végétation. A l'extrême nord, on trouverait toujours la toundra, cette steppe froide discontinue. Un peu plus au sud on aurait la taïga, la forêt de conifères sibérienne, canadienne, finlandaise, norvégienne et suédoise. On glisserait ensuite, peu à peu, vers ce qu'on appelle la forêt mixte : moitié conifères, moitié feuillus : bouleaux, chênes, hêtres… Puis ce serait la forêt tempérée qui ressemblerait à celle de Rambouillet – en plus sauvage ! Plus bas, la forêt de chênes méditerranéenne descendrait jusqu'à l'Atlas saharien. Le Sahara lui-même n'était pas un désert il y a 10 000 ans, peut-être parviendrait-il à retrouver un peu de végétation de type savane. Et on arriverait aux forêts tropicales – une saison sèche, une saison des pluies –, de plus en plus humides à mesure que l'on progresse vers le sud. De plus en plus denses lorsque les précipitations atteignent 1 000 millimètres, 1 500 millimètres… Enfin ce serait la forêt équatoriale, à double saison des pluies et toujours verte. Bien sûr, quelques plantes américaines pousseraient en Eurasie et quelques plantes européennes et asiatiques en Amérique… Le brassage des espèces réalisé par les humains est irréversible. Mais il ne modifierait pas fondamentalement les paysages : à l'état sauvage, les palmiers ne poussent pas en Sibérie, ni les orangers sur le sol irlandais.

– Est-ce qu'à ce moment-là, à la fin du paléolithique, l'âge de la pierre taillée, l'environnement avait déjà été modifié par les hommes ?

– Plus qu'on ne le pense généralement. Depuis qu'il a maîtrisé le feu il y a quelque 500 000 ans, l'homme – *Homo erectus* d'abord, puis *Homo sapiens* – l'a utilisé pour des tas de raisons : rabattre le gibier ; aider les jeunes pousses d'herbe tendre à se développer et attirer ainsi les herbivores ; faire mieux pousser les espèces qu'il cueillait…

– Quand on enflamme tout, ça repousse mieux ?

– A la fin de la saison sèche, la savane est encombrée de broussailles, de vieilles herbes destinées à pourrir et à étouffer la végétation nouvelle qui naîtra à la première pluie. En y mettant le feu, on dégage le terrain pour les jeunes pousses. Les bergers corses feront la même chose. Certains continuent d'ailleurs, avec les conséquences que l'on connaît… Cette méthode a été utilisée un peu partout dans le monde par les chasseurs-cueilleurs. En Amérique, les Indiens attiraient les bisons sur leurs territoires de cette manière. Les aborigènes australiens déclenchent aussi des incendies avant de semer, à la veille des premières pluies, les graines sauvages qu'ils ont récoltées…

– Dans ce cas, il s'agit déjà d'agriculture !

– Oui, mais comme ils sèment encore des graines sauvages, on considère qu'il s'agit d'une étape transitoire, et l'on parle de proto-agriculture. Ces aborigènes constituent un cas passionnant : ce ne sont pas les uniques chasseurs-cueilleurs des Temps modernes, mais les seuls qui, il y a moins de 1 000 ans, n'avaient toujours eu aucun contact avec des peuples cultivateurs. Alors que nombre de chasseurs-cueilleurs, en Amérique du Sud par exemple, sont, en fait, d'anciens agriculteurs retournés à la forêt.

– Ainsi, dans le paysage d'il y a 10 000 ans, les hommes avaient déjà marqué le milieu par des traces de feux ?

– Un peu. Ça ne suffisait tout de même pas à bouleverser les écosystèmes. Les couvertures végétales ne se dégradaient pas : la végétation repousse vite si les incendies à répétition ne s'acharnent pas sur des zones fragilisées, comme c'est le cas aujourd'hui dans le bassin méditerranéen. En fait, on peut considérer qu'au début du néolithique l'écosystème post-glaciaire était encore à peu près vierge.

Le village invente la campagne

– Il faut dire qu'à cette époque l'humanité ne devait pas être très nombreuse…

– Non. A la veille de la naissance de l'agriculture, la terre comptait moins de 10 millions d'habitants. Peut-être même 5 millions seulement. Ensuite, la croissance a été très rapide : 1 000 ans avant notre ère, la population du globe avait déjà été multipliée par 10.

– Pourquoi des groupes de chasseurs-cueilleurs se sont-ils arrêtés de voyager pour semer ?

– Lorsque l'agriculture débute, des groupes se sont déjà sédentarisés. Il existe des villages depuis pas mal de temps. On en a retrouvé sur certaines côtes : les gens vivaient de pêche et du ramassage de mollusques marins (des amas impressionnants de coquilles d'huîtres ont été découverts !). D'ailleurs, longtemps on a cru que l'agriculture était née dans ces premiers villages, lacustres ou maritimes. Puis les archéologues ont mis au jour des villages de cueilleurs sédentaires, pas spécialement pêcheurs, pas particulièrement chasseurs… Ils s'étaient constitués après le réchauffement du climat, dans des zones de savanes arborées ou de forêts à clairières offrant des ressources en abondance. Au Proche-Orient, on y trouvait en quantité du blé sauvage, de l'orge sauvage, des légumineuses comme les pois et les lentilles… Il y avait aussi des glands, des pistaches…

– Il s'agissait de communautés importantes ?

– Non. Des petits villages occupant un quart d'hectare. Cela ne nous donne pas le nombre exact d'habitants, mais diverses indications laissent à penser qu'ils regroupaient un peu moins d'une centaine de personnes. Un nombre déjà élevé pour des gens qui ne vivent que de la cueillette alentour : le rayon de ramassage de chaque village ne pouvait guère dépasser 5 kilomètres.

– En quel jardin d'Éden se trouvaient ces communautés de cueilleurs sédentaires ?

– Il y a eu plusieurs régions, mais la mieux connue est incontestablement le Proche-Orient : la zone Syrie/Palestine. On y trouvait en abondance des céréales et des légumineuses ressemblant à celles que l'on consomme actuellement. On y chassait le mouton, la chèvre, le porc, l'âne, la vache… Les animaux que l'on élève aujourd'hui y étaient presque tous présents, à l'état sauvage. Dans les limons de la Chine du Nord également, la sédentarisation semble avoir été totale. Au sud du Mexique, elle n'a été que partielle : les hommes revenaient tous les ans s'installer au même endroit, le temps des récoltes, mais ils repartaient ensuite.

– Ce n'est donc pas l'agriculture qui a entraîné une sédentarisation, mais l'inverse…

– Oui. En tout cas, au Proche-Orient, c'est très net. L'histoire des plantes cultivées ne commence pas par une pénurie mais par une abondance. Les hommes cessent de nomadiser parce qu'ils ont assez de ressources à portée de la main. Et cela se traduit par un accroissement démographique d'autant plus rapide que le village constitue alors un environnement mieux protégé que le campement, où la vie est plus facile, où les femmes perdent moins d'enfants qu'en voyageant. On constate qu'en moins de 1 000 ans les villages dans lesquels va naître l'agriculture ont grandi considérablement.

– Dans quelles proportions ?

– Dix fois. Leur surface passe de 2 500 m^2 à 2 ou 3 hectares. Et les cases rondes, séparées, ont fait place à des cases quadrangulaires, jointives. Cela signifie que la surface des villages a augmenté, mais aussi leur densité. Certains devaient compter 1 000 habitants, une population devenue impossible à nourrir seulement avec ce que l'on récoltait alentour, même dans un environnement favorable !

Sauvages savants

– Personne ne peut croire qu'ils se sont dit alors : « Puisque nous commençons à être un peu trop nombreux, inventons l'agriculture ! »

– Certainement pas. D'autant plus qu'aujourd'hui tous les spécialistes sont d'accord : ils n'avaient rien à inventer.

– Comment cela ?

– Tous les chasseurs-cueilleurs du monde connaissent les plantes à la perfection. Seuls quelques savants peuvent être meilleurs botanistes qu'eux ! Ils comprennent parfaitement que, lorsqu'on sème une graine, une plante pousse. Et quand l'agriculture est née, les hommes de la fin du paléolithique savaient déjà cela depuis des millénaires. Nomades, ils retrouvaient d'année en année les débris de ce qu'ils avaient laissé à leur passage précédent. Les graines qui étaient tombées à côté du foyer avaient germé… Ces gens récoltaient des centaines de plantes qui avaient toutes un usage, soit médicinal, soit alimentaire. Ils les connaissaient si bien qu'ils en cueillaient des vénéneuses, comme le manioc amer, et ils savaient leur faire subir, avant de les manger, les traitements nécessaires pour éliminer les substances toxiques. Dans certains cas, ils étaient même capables d'en extraire des poisons, qu'ils utilisaient pour la chasse. Depuis des centaines de milliers d'années, ces gens vivaient au contact des végétaux, en les observant avec une attention d'autant plus grande que leur survie était en jeu.

– Alors, pourquoi ont-ils attendu tout ce temps avant d'utiliser leur savoir ?

– Ils l'utilisaient. Ils semaient sans doute de manière occasionnelle. Dans des circonstances précises.

– Jamais de manière systématique ?

– Non. Il est clair que les premiers *Homo sapiens* n'allaient pas se priver d'une partie de leur récolte pour semer. Défricher, ameublir le sol, l'ensemencer, protéger les pousses des prédateurs de toute sorte, bref : cultiver, cela demande du travail, beaucoup de travail. Des efforts inutiles lorsque l'on dispose de ce dont on a besoin à portée de la main ! Ils ne cultivaient donc que quelques plantes rares auxquelles ils tenaient.

– Par exemple ?

– On a découvert que certains chasseurs-cueilleurs plantaient du tabac, qu'ils avaient obtenu on ne sait comment, mais qui, nous en sommes certains, n'existait pas dans leur zone à l'état sauvage. L'agriculture a peut-être débuté ainsi, avec des plantes apparemment très secondaires. Et il se peut que le tabac ait été la première plante cultivée par les peuples paléolithiques américains… Aussi, lorsque le besoin s'est fait sentir, ils ont parfaitement su se débrouiller pour faire pousser ce qui devenait insuffisant.

La culture avant l'agriculture

– Quelles circonstances ont fait qu'à certains endroits l'agriculture a été inventée, et pas à d'autres ?

– Dans les foyers où l'agriculture est née, on trouve toujours remplies trois conditions : 1) les hommes étaient sédentarisés en villages ; 2) ils savaient semer pour récolter ; 3) ils étaient très spécialisés dans la cueillette d'espèces qui seront ultérieurement domestiquées. Ainsi, au Proche-Orient, les populations de la fin du paléolithique étaient habituées au blé sauvage, à l'orge sauvage, aux lentilles et aux pois sauvages, au lin pour les textiles... Elles avaient certainement élaboré une cuisine, des outils... On a retrouvé leurs faucilles à céréales avec des microlithes : des petits éclats de silex en forme de dents de requin fixées sur un arc en bois. Elles disposaient de meules à grain plates et de pilons pour faire de la farine qui, mélangée à l'eau, leur permettait de réaliser des galettes.

– Avant l'agriculture existait donc un embryon de civilisation.

– Absolument ! De sorte que, lorsque le village s'est développé et que les céréales sauvages ont commencé à devenir insuffisantes, qu'ont-ils dû inventer pour se mettre à cultiver ? Rien... La vraie difficulté a dû être socio-politique. Il fallait mettre de côté une partie de la récolte pour semer à la saison suivante et s'assurer que personne ne mange cette réserve. Les premiers semis ont dû être effectués autour des maisons. Mais ensuite ils ont cherché d'autres endroits privilégiés : clairières, alluvions de cours d'eau qui débordent chaque année... Il a donc fallu imposer un droit de propriété sur la récolte, au beau milieu de la nature. Là où, précédemment, tout le monde avait le droit de cueillir. Ce qui a dû être le plus difficile à inventer, ce n'est pas l'agriculture, c'est la société qui allait avec.

Les lieux de naissance

– *Quelles ont été les premières plantes cultivées ?*

– Comme je vous l'ai dit : on recense plusieurs foyers d'origine. C'est-à-dire d'endroits où l'agriculture est née seule, indépendamment de toute influence extérieure. Le foyer nord-américain est le plus récent. Et aussi le plus pauvre. Des plantes de la prairie y ont été domestiquées 1 000 ans seulement avant J.-C., dans la région Mississippi/Missouri. C'est peut-être lui qui nous a tout de même légué une plante essentielle : le tournesol. Le Mexique, en Amérique centrale, et le Pérou, en Amérique du Sud, ont, au contraire, constitué des foyers majeurs.

– *Quelles plantes y ont été domestiquées ?*

– Dans le foyer centre-américain, curieusement, ce fut d'abord le piment et l'avocat. Puis, il y a 7 000 ans, le maïs, la courgette, la citrouille, le tabac... 5 000 ans avant aujourd'hui débuta la culture du haricot et, 1 500 ans plus tard, celle du coton de montagne, l'*Hirsutum* à fibres robustes. Le foyer péruvien en a domestiqué un, lui aussi, dans les basses terres : le coton dit « de la Barbade », aux fibres longues, de la meilleure qualité qui soit.

– N'existe-t-il pas aussi un excellent coton originaire d'Égypte ?

– Pas exactement. L'Égypte a cultivé, depuis la haute Antiquité, un coton arbustif assez médiocre qui était originaire d'Inde ou d'Afrique – le coton de l'ancien monde. Mais l'histoire récente du coton égyptien est curieuse. Au début du XIXe siècle, un industriel genevois nommé Jumel a découvert un plant de grande qualité dans l'un de ces petits jardins botaniques que les notables égyptiens aimaient entretenir au bord du Nil. Il l'a multiplié, a obtenu une première récolte dont les balles ont été envoyées à Londres, où il fut jugé classe 1, c'est-à-dire le meilleur du monde. Jumel a ensuite convaincu Méhémet Ali, un Albanais de Macédoine devenu pacha et considéré aujourd'hui comme le fondateur de l'Égypte moderne, de développer la culture de cette plante qui pouvait être exportée, fournissant ainsi au pays les devises dont il avait besoin pour s'industrialiser et moderniser son armée. Méhémet Ali lança un vaste programme d'irrigation et de développement de la culture du coton qui s'est poursuivi jusqu'au début du XXe siècle. Résultat : les fellahs ont bien sûr produit du coton et de la canne à sucre – autre grand programme du pacha –, mais surtout du trèfle, pour nourrir les vaches, et du blé et du maïs, pour manger ! Et la population du pays est passée de 3 à 65 millions d'habitants…

– Le coton du jardin botanique venait d'Amérique ?

– Il s'agissait d'un cotonnier « de la Barbade » ! Un foyer particulièrement riche qui nous a aussi légué plusieurs variétés de haricots, le lupin et, surtout, la pomme de terre.

– *Et la tomate ?*

– Non. La tomate est originaire d'Amérique centrale. Ce sont les Aztèques qui l'avaient baptisée *Tomatl*. A l'instar de beaucoup d'autres plantes, parfois très importantes, comme le manioc ou l'arachide, elle ne provient pas d'un foyer d'invention de l'agriculture. Il faut comprendre qu'une fois née l'agriculture s'est diffusée. Et au cours des millénaires qui ont suivi, de nombreux végétaux ont été domestiqués, un peu partout dans le monde. Or, nous ne parlons pour le moment que des toutes premières plantes cultivées.

Europe et Afrique : les parents pauvres

– *Quels sont les autres centres ?*

– En Asie, il y a, bien sûr, le foyer chinois.

– *... Qui a domestiqué le riz.*

– Non. Le riz a été cultivé beaucoup plus tard. En Chine, l'agriculture a été inventée il y a 8 500 ans, dans le Shanxi et le Henan. Une région de riches terres limoneuses, traversée par le Houang Ho, le fleuve Jaune, et qui se situe grosso modo à 500 kilomètres au sud-ouest de Pékin. Les premières plantes cultivées ont été le millet des oiseaux et quelques légumes, dont le chou et le navet. Autant dire pas grand-chose. Mais, plus tard, l'Asie s'est rattrapée : le foyer d'origine a rayonné d'abord en direction de la Corée, vers le Nord-Est, où le soja a été domestiqué. C'est seulement en arrivant dans la vallée du Yang-tsé Kiang, au sud-est, que pour la première fois les agriculteurs du néolithique ont cultivé du riz. Ensuite, la révolution agricole a gagné tout le Sud-Est asiatique où un nombre incalculable de plantes ont été domestiquées.

– En Afrique ?

– Pas de foyer d'origine connu.

– En Europe ?

–Non plus. Mais, à la jonction des deux continents, on trouve le foyer proche-oriental, le plus important de tous.

– Jean-Marie Pelt explique que les espèces végétales qui avaient survécu au Sud durant les glaciations sont remontées peu à peu vers les régions devenues tempérées lorsque le climat s'est radouci. Partout sauf en Europe. Les graines européennes n'avaient pu traverser la Méditerranée pour se réfugier en Afrique lorsque le froid s'était installé. Beaucoup étaient donc mortes, entraînant un appauvrissement important de notre flore. Or, au Proche-Orient, la Méditerranée n'est plus une barrière, le Croissant fertile constitue au contraire un passage entre Égypte et Turquie, ce qui explique peut-être la richesse extrême de cette région 10 000 ans avant notre ère.

– C'est probable. Il est clair, en tout cas, que le Proche-Orient a été une région extraordinairement abondante et un formidable lieu de domestication.

– Et, semble-t-il, le premier de tous…

– Peut-être. En tout cas on y a trouvé des blés, déjà tout à fait domestiqués, vieux de 9 500 ans… Il semble même qu'avant le blé la première plante cultivée au Proche-Orient ait été l'orge, une céréale plus commode : elle peut être semée à plusieurs saisons et s'adapte à des terrains divers. On trouve donc dans ce foyer les plantes de base de la civilisation occidentale. Blé et orge pour les sucres, légumineuses – lentilles et pois – pour les protéines, et lin pour les textiles.

– Sur toute la Terre l'agriculture se répand donc, domestiquant toujours plus de plantes…

– Oui, mais il reste encore une région dont nous n'avons pas parlé, un dernier foyer, petit, étonnant : celui des Papous de Nouvelle-Guinée. Il y a 12 000 ans, ceux-ci ont domestiqué le taro, une sorte de gros navet qui pousse dans la forêt tropicale. Les habitants des îles du Pacifique ont vécu essentiellement de ce légume, ainsi que de la noix de coco et de la patate douce, qui aurait traversé le Pacifique, puisqu'elle est originaire d'Amérique du Sud. Comment a-t-elle voyagé ? Mystère… Plus tard, cette agriculture papoue a été noyée par l'agriculture d'origine chinoise, avec le riz, et la multitude de plantes du Sud-Est asiatique…

– Il y a donc eu, sur la planète, en tout six foyers de naissance de l'agriculture ?

– Oui. Mais encore une fois : il ne faut pas confondre les foyers de naissance avec les régions où, plus tard, l'agriculture déjà existante a cultivé de nouvelles plantes. Comme en Afrique tropicale où, les céréales proche-orientales ne marchant pas à cause du climat, d'autres plantes telles que le mil, le sorgho, et un riz local ont été domestiquées.

CHAPITRE 2

La domestication des céréales

Les premiers cultivateurs n'imaginaient pas à quel point le fait de la semer pouvait transformer une plante. En effet, année après année, certaines espèces s'adaptent aux pratiques des hommes.

Le bon grain et l'ivraie

– Comment peut-on vraiment affirmer qu'une plante a été domestiquée à un moment précis et même en un lieu donné ?

– **Marcel Mazoyer :** Cueillez des graines sauvages, semez-les, récoltez – c'est de la culture primitive. Conservez une partie de la récolte, semez, récoltez. Continuez ainsi pendant des années. Peu à peu, les plantes que vous obtiendrez vont devenir de plus en plus différentes de celles que vous avez semées la première fois. C'est ce que l'on appelle la domestication : à force d'être cultivée, la plante s'est différenciée de la variété sauvage. Donc, lorsque dans des couches sédimentaires, datées, on trouve des restes de plantes dotées de ces caractères particuliers, on sait qu'à cet endroit, à l'âge du terrain dans lequel on les a trouvées, ces plantes étaient déjà devenues domestiques…

– Les premiers cultivateurs ne faisaient pourtant pas de croisements, de sélections, d'hybridations et autres manipulations… Alors comment les plantes pouvaient-elles se transformer ?

– Il n'y avait pas de sélection consciente et volontaire, mais la culture constitue en soi une formidable machine à sélectionner.

– Comment cela ?

– Prenons le cas d'une plante emblématique : le blé. Il s'agit d'une espèce autofertile. C'est-à-dire que son propre pollen peut féconder ses propres ovules.

– Un cas d'inceste qui est tout de même rare !

– Pas tant que ça parmi les plantes cultivées : l'avoine, le riz ou le sorgho ont la même caractéristique. Donc, lorsque vous semez des grains de blé, vous obtenez des épis à peu près semblables à leurs père et mère, qui étaient originaires d'un même pied. Ce sont quasiment des lignées pures, dont les paires de chromosomes ne sont pas tout à fait identiques mais qui, avec le temps, ont tendance à le devenir. La diversité génétique se trouve ailleurs : dans la clairière, où les épis appartiennent à des lignées différentes qui permettent à l'espèce de disposer d'un stock important de caractères. Vous semez donc autour de votre maison des grains de blé venant de plusieurs épis que vous avez ramassés dans la savane…

– Chacun va exprimer ses caractères.

– Exactement. Il y aura d'abord ceux qui poussent mieux que d'autres, car certains grains ne vont pas germer du tout. Arrive l'été : fin juin, début juillet, la plupart de vos épis sont mûrs, vous récoltez. Et vous conservez une partie des graines comme semences. L'année suivante, vous allez par conséquent semer uniquement des lignées qui ont poussé et qui étaient mûres fin juin ! Recommencez dix fois, cent fois… Au bout d'un siècle vous aurez éradiqué toute une série de lignées qui se reproduisent mal, ou que l'on récolte mal…

– *Lesquelles ?*

– C'est très précis. D'abord, toutes les graines qui ne germent pas à la première pluie d'automne sont éliminées.

– *Pourquoi ne germent-elles pas ?*

– Beaucoup de plantes sauvages comportent ce que l'on appelle des dormants. C'est-à-dire des graines qui se réservent pour une prochaine année. Parce qu'il peut arriver que la saison des pluies soit insuffisante, ou même ne vienne pas du tout. Or, pour que l'espèce se perpétue – et la nature met tout en œuvre pour cela –, il faut qu'elle ait les moyens de germer un ou deux ans plus tard. C'est à cela que servent les graines dormantes. Elles contiennent dans leur enveloppe des substances qui inhibent la germination. Et plus l'enveloppe est épaisse, plus elle renferme d'inhibiteurs… Ces graines vont donc être exclues par la culture, de manière tout à fait automatique. Au bout de quelques années, on n'aura plus que des épis portant des graines à enveloppe mince germant du premier coup.

– *C'est donc l'absence de dormance, la fertilité immédiate, qui caractérise les plantes domestiques ?*

– Pas seulement. Toutes les plantes très précoces, celles qui mûrissent bien avant les autres, seront éliminées parce qu'au moment de la récolte leurs graines seront déjà tombées. Même chose pour celles dont la tige est fragile et casse facilement, ou encore celles dont les grains se détachent au moindre coup de vent. Ce dernier caractère, favorable à la reproduction dans la vie sauvage, condamne la plante en agriculture : les graines tombées ne seront pas récoltées, donc pas semées. A la longue, vous obtenez donc des blés à tige solide, à grains bien fixés, mûrissant tous au même moment, et dont les graines, sans dormance, germent toutes chaque année. Ce qui ne correspond pas aux exigences de la culture est automatiquement écarté.

Les épis prodiges

– *Décidément, la culture fait bien les choses.*

– Mieux encore que vous ne l'imaginez ! Car, bien évidemment, les épis qui portent le plus de graines se reproduisent plus que ceux qui en portent peu. C'est mathématique. Les épis de blés domestiqués produisent donc beaucoup plus de grain que ceux des blés sauvages.

– *Miraculeux…*

– Et ce n'est pas tout ! Dans la savane, le blé entre en compétition avec des tas d'autres espèces végétales. Mais, dans le champ, les premiers cultivateurs ont vite pris l'habitude d'arracher les mauvaises herbes, créant ainsi un écosystème très particulier : désormais, la concurrence se situe essentiellement entre individus d'une même espèce. Et là, qui va gagner ? Le plus rapide à faire des racines et à monter pour prendre le soleil aux autres. Autrement dit : le premier à germer. Or, la précocité de la germination dépend de la quantité de matière organique rapidement mobilisable contenue dans les grains, c'est-à-dire : les sucres. Ainsi seront donc sélectionnés les gros grains ayant une grande réserve de sucres.

– On comprend que les premiers agriculteurs aient vu là une influence divine ! Cette sélection automatique n'offrait que des avantages.

– Apparemment. En fait, il y a tout de même un petit inconvénient : les grains des blés domestiques sont plus gros, plus riches en sucre, nous l'avons vu, mais proportionnellement plus pauvres en protéines que les blés sauvages, puisque celles-ci sont contenues dans le germe, qui est à peu près de la même taille, que le grain soit petit ou gros.

– Combien de temps faut-il pour qu'une plante soit domestiquée ?

– Comme on n'a jamais refait l'expérience, on n'en sait rien.

– Personne n'a jamais eu la curiosité de reproduire la domestication du blé sauvage ?

– Apparemment, non. Quelques scientifiques ont tout de même semé une graminée de la prairie américaine. Sa domestication a pris une quarantaine d'années. Mais, historiquement, cela a certainement duré beaucoup plus. Bien au-delà d'une vie humaine. C'est pour cela que l'expérience n'a pas été tentée avec le blé.

– Pourquoi, dans la réalité, le processus aurait-il nécessité plus de temps ?

– Parce qu'au début du néolithique les gens qui avaient semé du blé sauvage, engrain ou amidonnier provenant de la brousse, ont mélangé, la saison suivante, les semences tirées de leur moisson avec d'autres graines qu'ils continuaient à cueillir dans la nature. Et la domestication n'a pu commencer à s'effectuer que lorsque les graines issues de semis l'emportaient très largement sur les graines issues de cueillette. On peut donc estimer que la domestication du blé a pris plusieurs générations humaines.

L'appel de la forêt

– Toutes les plantes se domestiquent-elles aussi facilement que le blé ?

– Non. C'est comme pour les animaux : certains ne se laissent pas apprivoiser. Voyez le zèbre : animal magnifique, rapide, costaud… Jamais on n'a réussi à en faire quoi que ce soit ! Donc, si les plantes principalement autofécondes, comme le blé, sont assez stables, les allogames, celles qui se croisent seulement avec leurs voisines de la même espèce, constituent de véritables casse-tête pour les agriculteurs. Tous les ans elles sont pollinisées par des sauvageons. Pour la domestiquer totalement, il faut transporter la plante hors de son aire d'origine, jusqu'à une région où l'espèce n'existe pas à l'état naturel. Prenez le cas du mil : il faut l'isoler, détruire sans cesse tous les mils sauvages alentour qui, en fécondant le mil domestique, le feraient régresser vers des états beaucoup moins favorables à la culture. Le pire, ce sont les hybrides : quand ils germent, ils ressemblent tout à fait à la variété domestique ; quand ils poussent aussi ; lorsque l'épi se forme, on dirait toujours un mil domestique. Puis, au moment de la maturation, ça s'égraine soudain, tout tombe par terre… Vous avez donc beaucoup travaillé à soigner une plante que vous aviez crue domestique, et vous ne récoltez rien !

– La culture des plantes autofécondes est donc nettement plus reposante.

– Pas forcément ! Si les plantes allogames ne peuvent être fécondées *que* par une pollinisation croisée, les autogames – ou autofécondes – ne le sont jamais de manière exclusive. Elles restent sensibles aux charmes de pollens étrangers… Le riz en est d'ailleurs l'illustration. La chasse au riz sauvage, qui féconde clandestinement les variétés domestiques, est une véritable saga. On a tout essayé… On a même obtenu des riz domestiques à feuilles rouges pour pouvoir repérer les autres et les arracher.

– Et alors ?

– Très vite, les hybrides ont eu des feuilles rouges ! Les hybrides adventices – c'est ainsi que l'on désigne les « mauvaises herbes » – ont une extraordinaire capacité à mimer les plantes domestiques dont elles acquièrent certaines caractéristiques, à force de subir les mêmes traitements.

Les chromosomes domestiques

– Les premiers cultivateurs ne pouvaient imaginer que les résultats de leur culture seraient si favorables. Alors pourquoi, dès le début, le blé a-t-il été choisi, parmi les milliers de plantes dont disposaient les hommes du Proche-Orient ?

– Parce qu'ils en mangeaient depuis des millénaires et y avaient pris goût. La plante choisie est toujours celle qui présente le double avantage d'être abondante et bonne pour la cuisine. Les hommes sèment ce qu'ils aiment. Il est d'ailleurs étonnant de voir le nombre élevé d'espèces, comme le manioc dont nous avons déjà parlé, que ces gens étaient obligés de détoxiquer avant de pouvoir les manger.

– L'aïeul de nos blés existe-t-il toujours ?

– Oui. En fait il y a deux espèces différentes. L'un, le plus ancien, est l'engrain, portant 2 stocks de 7 chromosomes. Il a muté et donné le blé amidonnier, qui comporte 4 stocks de chromosomes. C'est l'ancêtre de nos blés durs. Ceux avec lesquels on fabrique les pâtes et les semoules, comme le couscous.

– Et le pain ?

– C'est encore une autre variété, un blé tendre à 6 stocks de chromosomes qui résulte de l'hybridation spontanée d'amidonnier avec une autre céréale appelée *Ægilops*. Ce mariage s'est produit au Moyen-Orient, dans la haute Antiquité… Autant dire récemment.

– *Comment ont pu se produire ces mutations ?*

– De mille manières ! De toute évidence, il y a eu des hybridations, des modifications dans les stocks de chromosomes… Les mutations du vivant sont nombreuses, elles sont le carburant de l'évolution : si la mutation diminue l'individu, il est éliminé ; si elle lui apporte une plus grande efficacité, l'individu et sa descendance prennent le dessus sur les concurrents. Il existe des tas de produits mutagènes, telle la colchicine, un alcaloïde contenu dans les colchiques.

– *Qui fleurissent dans les prés…*

– Oui… De nos jours, certains herbicides ou insecticides pulvérisés sur les plantes provoquent même des monstruosités. J'ai vu à Cuba des sortes d'ananas siamois à 4 ou 5 fruits collés…

– *S'agit-il d'accidents ?*

– Pas seulement. Les semenciers fabriquent aussi des mutants pour voir quels avantages ceux-ci pourraient apporter. Pourtant, la plupart du temps, ces inventions ne présentent guère d'intérêt. L'augmentation du nombre de chromosomes produit souvent des mutants qui sont plus grands, avec des graines plus grosses, mais dont la teneur en nutriments – protéines, lipides, etc. – dégringole. Ainsi, entre l'engrain et les blés fourragers à haut rendement dont on nourrit le bétail, la chute de qualité est très nette.

– *En ce cas, pourquoi les cultiver ?*

– Ils ne sont pas chers. Lorsqu'on obtient au mieux 90 quintaux à l'hectare avec un bon blé tendre, on fait des récoltes de 120 quintaux à l'hectare avec du blé fourrager.

– *Quelles sont les toutes premières plantes à avoir été cultivées sur Terre ?*

– Difficile à dire ! Si une plante n'a pas été domestiquée, on ne peut pas savoir qu'elle a été cultivée. On ne peut donc faire que des suppositions, lorsqu'à certains endroits on trouve des concentrations de pollens excessives par rapport à la densité naturelle, ou bien des pollens qui sont situés hors de leur région d'origine, comme le tabac des Indiens… Beaucoup de plantes sauvages ont dû être cultivées sans laisser de trace, parce qu'elles se sont révélées peu avantageuses. Et il faut signaler aussi le cas des plantes non domestiquées, pas vraiment cultivées, mais favorisées.

– *C'est-à-dire ?*

– Certaines espèces utiles étaient épargnées lors des défrichements, telles que le palmier à huile en bordure de la forêt équatoriale, le baobab dont les fruits et les feuilles étaient consommés, ou le karité dont le fruit donne une sorte de beurre… Protégées, ces espèces se développaient, sans pour autant être cultivées.

L'odyssée du blé

– *Une fois les plantes domestiquées, les choses n'ont pas dû évoluer beaucoup, au cours des millénaires suivants.*

– Je pense que si. Les cultivateurs du Proche-Orient ont emporté le blé avec eux au cours de leurs migrations.

Et ils l'ont transmis à leurs voisins. La culture du blé s'est répandue dans les Balkans, en Europe méditerranéenne, dans la vallée du Danube… Longtemps après le Midi, le blé est entré dans le nord de la France en provenance de la Hongrie et de l'Allemagne. Le voyage a été très lent : il a mis 1 000 ans pour passer du Proche-Orient à la Bulgarie, encore un millénaire pour atteindre le sud de la Bavière… Mais il progressait. D'est en ouest et du sud au nord. Or, chaque fois que la céréale domestique atteignait une nouvelle région, elle rencontrait des conditions climatiques et un environnement différents. Une nouvelle sélection s'opérait alors. Il est clair qu'en Suède certaines lignées ont été totalement éliminées par le froid. Et celles qui ont pris le dessus n'étaient pas les mêmes que les lignées sélectionnées en Éthiopie. Au fil du temps et des voyages, des mutations se sont opérées, qui ont été retenues dans certains endroits, pas dans d'autres. Dans l'espace où on le cultive, de nombreuses variétés se sont donc élaborées : blés de pays, blés de plaine ou de montagne…

– *Ensuite, la situation s'est-elle stabilisée ?*

– Non. Au début, quand les blés sont arrivés en Europe, les semis se faisaient après un défrichage sommaire par le feu. On cultivait dans un écosystème forestier provisoirement déboisé : rien à voir avec les champs de la haute Antiquité, nettoyés, dont on avait arraché les souches. Il s'agissait alors d'espaces largement découverts – donc ensoleillés –, mais dont le sol s'était peu à peu appauvri. Les blés ont donc dû s'adapter d'abord à la forêt, ombragée mais au sol très riche. Plus tard, il a dû se passer quelque chose de comparable à ce qui arrive actuellement en Côte d'Ivoire…

– Avec le blé ?

– Non : avec l'igname, mais le processus est similaire. Dans ce qui reste de la forêt équatoriale ivoirienne, les Baoulés plantent des ignames qui préfèrent l'ombre. Les Sénoufos, dans la savane, cultivent, eux, des variétés d'ignames qui ont besoin de soleil. Mais, à force de défricher, les Baoulés sont en train de transformer la forêt en savane. Ils vont donc être obligés de ne replanter que ceux de leurs ignames qui poussent dans le nouvel environnement, c'est-à-dire de procéder à une resélection. Ou bien d'adopter les ignames sénoufos…

– Et c'est ce qui s'est passé avec le blé quand on a défriché la forêt européenne ?

– Exactement. Les variétés qui produisaient bien dans des clairières, sur un sol plein d'humus, donc extrêmement fertile, mais avec peu de lumière et la concurrence de plantes forestières, se sont peu à peu trouvées confrontées à un sol appauvri, mais avec plus de soleil et la concurrence de plantes différentes… Ce sont donc d'autres lignées qui ont pris le dessus. Une plante plus rustique, moins gourmande, a été retenue au détriment des blés plus productifs. Une agriculture maigre, avec une forte concurrence des mauvaises herbes, s'est développée.

Les envahisseurs

– Pourquoi ces mauvaises herbes de la campagne opposent-elles une concurrence plus redoutable que celles de la forêt ?

– Certaines – celles qu'on appelle les adventices – parce qu'elles ont aussi été sélectionnées, involontairement. On les cultive comme le blé, on les ressème avec le blé… Les autres, parce qu'elles résistent à toutes les méthodes culturales. Il faut savoir que dans les 20 centimètres de profondeur de terre qu'on laboure se trouvent plusieurs milliers de graines dormantes au mètre carré. Elles germeront dans un an, dans deux ans, dans dix ans… Vous croyez les avoir éliminées en labourant ? Illusion ! Un jour ou l'autre elles arriveront en surface et germeront.

– Toutes les herbes sauvages ne sont pas de taille à entrer en compétition avec les plantes cultivées sur leur territoire protégé. Quelles sont les principales mauvaises herbes ?

– Il y en a beaucoup ! Cela dépend des sols et des plantes cultivées. Avec le blé on trouve le chiendent, dont on n'arrive jamais à arracher tous les rhizomes, le chardon, le liseron, et aussi ces plantes increvables dont les graines survivent à tous les traitements : ravenelle, coquelicot, stellaire ou bleuet… Dans la forêt, à cause de l'ombre des arbres, il y a beaucoup moins d'herbes.

– Et la folle avoine ?

– L'avoine n'existait pas au Proche-Orient. Quand nos premiers cultivateurs ont commencé à occuper de nouveaux territoires, ils ont rencontré de nouveaux végétaux. Comme l'avoine possède une époque de maturation proche de celle du blé et de l'orge, ils en ont récolté un peu en même temps que le blé ou l'orge. Sans trop s'en soucier : après tout, c'était consommable. L'avoine s'est donc trouvée cultivée, recultivée et, à la longue, domestiquée elle aussi. Cette graminée spontanée, sélectionnée par hasard, est devenue une adventice, c'est-à-dire une plante domestique non désirée qui accompagne l'homme en ses cultures.

– Qu'est-ce que le blé noir, avec lequel les Bretons font des crêpes ?

– Rien à voir avec le blé. C'est une céréale domestiquée en Asie centrale, quelque part entre l'Afghanistan et la Mongolie. On l'appelle aussi sarrasin, peut-être parce que ce sont les Arabes qui nous l'ont apportée. Cette plante a longtemps été très importante : elle poussait là où le blé ne donnait rien, ni l'orge, ni même le seigle. On semait du sarrasin sur les pentes, dans les hauts de champs, moins fertiles.

– Revenons donc au blé. Les déboisements avaient entraîné une baisse importante de la fertilité…

– Oui, et le blé de la haute Antiquité a sans doute connu une évolution régressive par rapport à celui du néolithique. En revanche, dès le moment où l'on a su donner de la richesse au sol avec du fumier, on a pu alimenter des plantes ayant des rendements plus élevés. Au fil des ans, des lignées capables de tirer profit de cet enrichissement ont été resélectionnées.

Le dopage des plantes

– Ce qui nous amène peu à peu à l'époque contemporaine.

– L'évolution s'est alors accélérée ! Lorsqu'on a disposé des engrais minéraux qui apportaient un formidable supplément de fertilité au sol, il a fallu sélectionner – volontairement, cette fois – des plantes plus gourmandes en fertilisants, et plus productives, afin de rentabiliser les investissements. Si l'on avait mis les quantités d'azote que l'on donne aux blés d'aujourd'hui sur les blés de nos grands-parents, ils en seraient morts. Au mieux, ils auraient fait beaucoup de feuilles, de très hautes tiges et auraient versé.

– Des accidents de dopage ! Nitrates pour les blés, hormones pour les veaux : l'histoire est déjà moins belle.

– C'est vrai qu'au début, quand on utilisait des doses de nitrates un peu trop fortes, les céréales se couchaient. Et ce n'était pas à cause des orages ! Il a fallu sélectionner des blés à paille plus courte qui faisaient du grain au lieu de faire de la tige et des feuilles.

– Aujourd'hui, à quoi sert la sélection ?

– Que ce soit pour le blé, pour le riz ou n'importe quelle céréale, on a fait porter les efforts sur quelques cultivars à haut rendement. Mais ceux-ci sont tellement performants qu'ils font disparaître toutes les variétés de pays, élaborées par l'agriculture depuis 10 000 ans. Elles constituaient pourtant une immense richesse, parce qu'elles étaient très différentes les unes des autres : le blé du Morvan n'était pas celui de la Beauce… Or, nous l'avons vu, une lignée de blé est peu adaptable : que le milieu change et elle risque de ne pas survivre. L'adaptabilité, c'est-à-dire la diversité génétique, se situe dans la multiplicité de ces variétés qui sont en train de disparaître.

– On retrouve ce phénomène pour d'autres plantes cultivées ?

– Presque toutes. On constate un appauvrissement de la biodiversité aux quatre coins du monde.

– Est-ce vraiment dangereux ?

– Parfois une variété dégénère un peu. Elle perd certains caractères de rusticité, de couleur, de goût… Avant, le paysan la recroisait alors avec une variété voisine pour la requinquer, afin qu'elle récupère ses caractères. Mais aujourd'hui, on a abandonné partout les vieilles variétés de pays. Cela s'est passé si rapidement qu'on a à peine eu le temps de les collectionner, de les répertorier, de les conserver… Et tous les pays n'ont pas eu les moyens de constituer des conservatoires pour sauver les variétés qui cessaient d'être cultivées. On a appauvri le patrimoine génétique des plantes cultivables et on risque d'en souffrir à l'avenir. Aujourd'hui, un effort est fait. On tente enfin de récupérer ce qui est récupérable. Mais on s'y est pris très tard ! Au Vietnam, par exemple, de nombreuses variétés de riz viennent encore de disparaître, balayées par la concurrence des riz à haut rendement.

– Pourtant on constate un développement du marché des riz de pays…

– Un leurre… Les « basmati », « Cachemire » ou « thaïlandais » que vous trouvez sur les rayons des supermarchés ne sont que des variétés à haut rendement dans lesquelles on a réintroduit un peu de diversité. Ils sont sûrement cultivés dans les contrées d'origine, comme annoncé sur les paquets, mais il ne leur reste pas grand-chose des vrais riz régionaux.

– *Combien existe-t-il de plantes cultivées ?*

– L'annuaire de la FAO donne une liste des végétaux dont la production est statistiquement recensée à l'échelle mondiale. Cela ne signifie pas qu'il n'y en a pas d'autres, mais ce sont ceux dont les quantités produites sont significatives. Pas comme l'éleusine et le tef en Éthiopie… Or, ça ne représente pas grand-chose : si l'on exclut les plantes fourragères et médicinales, on n'arrive pas à 80 espèces.

Inventaire planétaire

– *Elles se répartissent comment ?*

– Huit céréales : blé, riz, orge, maïs, seigle, avoine, millet, sorgho. Mais cette énumération ne rend pas compte du poids de chacune d'elles dans l'agriculture mondiale. Ainsi le blé, cultivé sur 230 millions d'hectares, produit plus de 600 millions de tonnes par an ; le maïs, moins de 500 millions de tonnes sur 130 millions d'hectares ; le riz : presque 600 millions de tonnes de paddy, qui correspondent à 400 millions de tonnes de riz blanc, sur 150 millions d'hectares ; l'orge, qui sert à faire de la bière : 170 millions de tonnes sur 75 millions d'hectares ; le sorgho, seulement 60 millions de tonnes sur 43 millions d'hectares ; et le millet, 30 millions de tonnes sur 37 millions d'hectares.

– *Et à part les céréales ?*

– On recense 5 racines et tubercules : pommes de terre, patates douces, manioc, ignames, taros ; 8 légumineuses : haricots secs, fèves sèches, pois secs, pois chiches, lentilles, graines de soja, arachides, graines de ricin ; 9 oléagineux : tournesol, colza, sésame, lin, carthame, coton à graines, olivier, cocotier et palmier.

– Il y a aussi les légumes.

– Oui, la production mondiale comptabilisée – très inférieure à la réalité, compte tenu des potagers destinés à l'autoconsommation – totalise 1 milliard de tonnes. Cela peut paraître important, mais il ne faut pas oublier que la valeur calorique des légumes, qui contiennent 80 % d'eau, est bien moindre que celle des céréales. Les 17 légumes recensés peuvent être considérés comme des « aliments de santé » : il s'agit des choux, artichauts, tomates, choux-fleurs, courges et cucurbitacées, concombres et cornichons, aubergines, poivrons, oignons secs, ail, haricots verts, petits pois, carottes, pastèques, melons, raisins (surtout consommés sous forme de vin : 2,5 milliards de litres !) et dattes. A tout cela il faut ajouter 2 plantes à sucre : betterave et canne, et 20 plantes à fruits, qui comptent pour 300 millions de tonnes : pommes, poires, pêches, abricots, prunes, avocats, mangues, ananas, bananes, plantains, papayes, fraises, framboises, groseilles, amandes, pistaches, noisettes, anacardes, châtaignes, noix ; 6 agrumes : oranges, tangerines, mandarines, clémentines, citrons, pamplemousses ; 5 plantes à fibres : lin, chanvre, jute, sisal, coton ; et quelques inclassables tels le caoutchouc, le cacao, le thé, le café et le houblon. Voilà ce que cultivent les hommes…

– Il manque tout de même pas mal de choses : navets, salades, céleri, cerises, kiwis…

– Et bien d'autres choses encore ! Les espèces retenues sont seulement les plus importantes, ou celles pour lesquelles on dispose de statistiques. Mais il en existe dix fois plus, la plupart, il faut bien le dire, très marginales. Cela reste tout de même peu au regard des 500 000 espèces de plantes sauvages identifiées pour l'instant.

– Vous croyez qu'il en reste beaucoup à découvrir ?

– Regardez les vieilles encyclopédies : au début du siècle, on n'en connaissait que 300 000 ! Il doit bien rester quelques centaines de milliers de plantes qu'on ne connaît pas.

– Donc, il existe mille fois moins de plantes cultivées que de plantes sauvages.

– Oui. Et pourtant, les aborigènes d'Australie cueillaient déjà environ 1 000 plantes sauvages. En Afrique aussi cela tournait autour de 1 000 espèces.

– Mais la cueillette constituait une sélection à l'envers, à force de ne ramasser que les plus beaux épis, on sélectionne les plus malingres !

– C'est vrai. Cela pouvait avoir une influence qualitative et quantitative sur les plantes. Comme le surpâturage : quand les vaches sont trop nombreuses dans un pré, il n'y a plus d'herbe, mais des plantes à rosette, comme les pissenlits et les pâquerettes.

– On peut donc imaginer qu'il existe des plantes cultivables autres que celles que nous connaissons aujourd'hui.

– Sans aucun doute. Mais pour expliquer que l'on ait domestiqué moitié moins d'espèces que l'on n'en cueillait, il faut se rappeler que certaines plantes pourraient être cultivées 107 ans sans changer le moins du monde… Pourtant, je crois tout de même qu'il existe un immense stock de végétaux que l'homme a jugés inintéressants, jusqu'à présent. Tels qu'ils sont, à l'état sauvage, ils n'apportent pas grand-chose, mais certains pourraient devenir très utiles une fois modifiés par la domestication.

CHAPITRE 3

Le jardin immigré

L'homme a sélectionné des plantes pour ses besoins ou ses envies, il les a emportées avec lui quand il s'exilait, en a rapporté de nouvelles de ses voyages. C'est donc l'histoire de 10 000 ans de domestication et de rencontres que l'on retrouve aujourd'hui dans chaque jardin.

Pot-au-feu

– En entrée, prenons les radis. Ils font partie des premiers légumes récoltés dans le potager. On peut les semer dès que le printemps s'annonce, et quatre semaines plus tard on commence déjà à les croquer, avec du sel et du beurre frais. D'où sont-ils originaires ?

– **Marcel Mazoyer :** Du Proche-Orient, où ils poussent spontanément et sont même considérés, parfois, comme des mauvaises herbes. Mais il existe aussi des variétés chinoises.

– Moitié radis, moitié carottes : on a bien mélangé les graines avant de les semer. De la sorte, en cueillant les radis qui lèvent beaucoup plus vite, on éclaircira les

carottes qui autrement seraient trop serrées. Commençons donc par cette racine orangée, qui donne aux enfants des joues roses, la récolte pour notre pot-au-feu.

– Les carottes ont toujours fait partie de notre flore. D'ailleurs, on en trouve à profusion au bord des chemins. Et il ne faut surtout pas les confondre avec la ciguë, un autre ombellifère, très toxique, qui mit fin aux jours de Socrate. Partout en Eurasie, la carotte est spontanée.

– Et le navet ?

– Nous avons vu que ce fut l'une des toutes premières plantes domestiquées dans le foyer chinois. Mais il existe aussi un navet méditerranéen.

– La pomme de terre, on connaît : du Pérou à Parmentier…

– Cela, c'est l'image d'Épinal. L'histoire est bien plus compliquée. La pomme de terre est bien originaire des Andes, où il en existe quelque 300 variétés. Mais seules deux ou trois ont été domestiquées. La première mention de ce tubercule date de 1533 : dans sa *Chronique du Pérou*, Pedro Cieça de Leon, un des reîtres accompagnant Pizzare, raconte qu'il a trouvé dans la région de Quito – aujourd'hui en Équateur – le haricot, qu'il appelait alors « petite fève », et la pomme de terre. En 1560, 99 tubercules, très exactement (il a dû en perdre un en route !), ont été rapportés en Europe par Pizzare qui les offrit au roi d'Espagne Philippe II, lequel, à son tour, en fit cadeau au pape pour l'aider à soigner sa goutte.

– Et ça a marché ?

– L'histoire ne le dit pas, mais ce qui est sûr, c'est qu'un peu plus tard on trouvait des pommes de terre dans nombre de jardins botaniques européens, particulièrement dans ceux du Saint-Empire. C'est d'ailleurs dans celui de Vienne qu'elle fut dessinée pour la première fois par son directeur, un certain Charles de l'Écluse. On en parle ensuite dans un ouvrage de Gaspard Bauhin, publié à Bâle en 1596, puis, en 1601, dans une *Rararium Plantarum Historia*, de Philippe de Sivry, qui vante ses qualités gastronomiques. Il y avait aussi eu la mention, en 1597, dans une publication anglaise, d'une *Patata virginiana* dont la description correspondait à des pieds rapportés en 1586 par Sir Walter Raleigh. Mais on soupçonne ces toujours perfides Anglais d'avoir tenté de faire croire qu'ils avaient obtenu leurs plants en Amérique du Nord – où il n'y en avait pas – pour ne pas avouer que ceux-ci provenaient du pillage d'un navire espagnol, pratique dont ils étaient coutumiers.

– *Une chose est sûre, on voyait plus de pommes de terre dans les livres que dans les champs.*

– Oui : on avait beaucoup de mal à les cultiver. Les pommes de terre étaient originaires d'une zone équatoriale d'altitude, c'est-à-dire sous un régime de journées d'une douzaine d'heures. En Europe, à cause du gel, on a dû les cultiver en été où les jours sont beaucoup plus longs. Résultat, les plantes ne faisaient que très peu de tubercules. Ces trop longues périodes de lumière ne correspondaient pas à leur rythme et ça a très mal marché pendant deux siècles, le temps que la plante s'acclimate et, également, que l'on importe des plants du Chili. La pomme de terre était en effet descendue depuis longtemps jusqu'au sud de Valparaiso, en zone tempérée, et s'était, au cours des siècles, adaptée aux longues journées de l'été austral.

L'ordinaire du soldat prussien

– *Et Parmentier ?*

– Il était pharmacien militaire. Capturé par les Prussiens durant la guerre de Sept Ans (1756-1763), il découvrit la pomme de terre qui constituait, outre-Rhin, la base de l'alimentation des soldats… et des prisonniers ! En 1769 et 1770 : terrible famine en France. L'Académie de Besançon lance alors un concours dont le thème consiste à indiquer les végétaux qui pourraient suppléer en cas de disette ceux que l'on emploie communément. Les huit candidats proposent dans leur mémoire la pomme de terre, mais Parmentier, sans doute plus convaincant, obtient le premier prix. En 1787, Louis XVI lui confie le soin de démontrer l'intérêt de ces tubercules étrangers que les Français sont seuls en Europe à mépriser, sous divers prétextes. On l'appelle « pain des pauvres », « pain des porcs », on l'accuse de rendre malade… Parmentier lance alors des cultures de pommes de terre à Neuilly, dans la plaine des Sablons, là où se trouve aujourd'hui la station de métro du même nom. En 1789, publication d'un *Traité de la culture de la pomme de terre, de la patate et du topinambour*, signé du citoyen Parmentier. Ensuite les choses ont progressé vite : à partir de 1793, la Convention a incité de manière tellement ferme les paysans à cultiver ce tubercule, considéré comme révolutionnaire, que la pomme de terre est vite devenue une des grandes cultures françaises.

– Les autres Européens la cultivaient depuis longtemps ?

– Oui. En Irlande, les Anglais ayant accaparé toutes les bonnes terres, les paysans, misérables, se rabattirent sur la culture de la pomme de terre, moins exigeante que le blé. Le tubercule péruvien devint leur nourriture de base dès la fin du XVIIe siècle. Résultat : la maladie de la pomme de terre provoqua une terrible famine de 1845 à 1847. La population catholique diminua alors de deux millions d'habitants, morts ou émigrés aux États-Unis.

– Le chou est lui aussi un légume populaire dans l'Europe du Nord et de l'Est. Tous les cuisiniers n'en mettent pas dans le pot-au-feu, mais aucun jardinier ne peut ignorer cette plante magnifique dans laquelle jadis naissaient, dit-on, les petits garçons.

– Le chou est d'origine occidentale. Il existe aussi des variétés chinoises, mais ceux que nous cultivons en Europe y étaient présents à l'état sauvage.

– Passons donc au poireau, l'« asperge du pauvre ».

– L'asperge sauvage est une plante méditerranéenne qui n'a rien à faire dans un pot-au-feu. Quant au poireau, son origine n'est pas claire. Il appartient au genre *Alium*, qui comprend, bien sûr, l'ail, mais aussi l'échalote, l'oignon et la ciboulette. Il semble que le poireau soit une adventice de la vigne. Ce serait sa forme sauvage que l'on appelle poireau de vigne, et qui résiste à tous les traitements.

– Et les autres Alium *ont des origines aussi floues ?*

– Non ! L'ail nous vient clairement d'Asie, de la zone comprise entre la Kirghizie et l'Afghanistan. Il existe bien dans nos pays tempérés un ail sauvage, l'« ail des ours », mais il n'a jamais été domestiqué.

– On pourrait le consommer ?

– Bien sûr. Il en faudrait beaucoup, parce que les bulbes ne sont guère charnus. Je suis sûr cependant qu'il parfumerait efficacement les salades. L'oignon fait partie de la même famille, pourtant ce n'est pas, comme on pourrait le croire, un dérivé de l'ail. Il est natif de l'Inde mais est apparu très tôt en Méditerranée orientale. L'oignon est consommé depuis la préhistoire. Quant à la ciboulette, plante septentrionale puisqu'on la trouve à l'origine au Canada et en Sibérie, elle est ancienne, comme tous les végétaux qui poussent naturellement à la fois en Amérique et en Eurasie. Cela signifie en effet qu'ils existaient avant la séparation des continents et la formation de l'océan Atlantique.

– Quels sont les légumes « de souche » de notre potager ?

– Les choux, on l'a vu, et les salades…

– Un peu triste. Ce n'est pas avec ça que l'on aurait inventé la gastronomie française.

– Encore une fois : l'Europe du Nord était très pauvre en espèces végétales. La plupart de nos plantes cultivées sont originaires du Proche-Orient et de la région méditerranéenne.

Ratatouille

– Promenons-nous donc dans le carré méditerranéen du potager pour récolter maintenant de quoi faire une ratatouille. Nous avons déjà l'ail et l'oignon. Cherchons des courgettes.

– Mexique ! Presque toutes les courges viennent du Mexique, y compris la citrouille. Seul exception : le potiron, qui serait originaire d'Amérique du Sud.

– Le concombre aussi ?

– Le concombre n'est pas une courge. Il a été rapporté de l'Himalaya où il poussait à l'état sauvage, au Cachemire et dans le nord de la vallée de l'Indus.

– Le melon, qui a un goût de concombre lorsqu'il n'est pas bon, est originaire de la même région ?

– Non. Melons et pastèques viennent du Sahel. Une zone qui s'étend de la Mauritanie à l'Éthiopie et qui n'a pas toujours été, comme aujourd'hui, en voie de désertification.

– Revenons à la ratatouille. L'aubergine ?

– Originaire de l'Inde.

– Les poivrons ?

– Il s'agit d'une variété de piment trouvée au Mexique. On en découvrira d'autres, plus tard, en Amérique du Sud. En 1493, les compagnons de Colomb décrivaient à leur retour « un poivre plus brûlant que le poivre du Caucase ». Mais il y avait également une variété douce, remarquablement domestiquée, puisqu'elle produisait des fruits énormes comparés à la forme sauvage : les poivrons. En Europe, c'est la Hongrie qui devint le lieu de prédilection de la culture de ces « piments poivrons ».

Histoire de la pomme d'or

– Venons-en à la reine de l'Europe méditerranéenne : la tomate.

– Elle appartient au groupe des solanées, dans lequel on trouve les pommes de terre, les piments, et le tabac. La tomate proviendrait donc d'une solanée sauvage, une tomate cerise, qui existe encore au Mexique, dans la région de Veracruz.

– Très drôle : on s'est donné du mal ces dernières années pour créer des tomates cerises, alors que celles-ci sont les mères de toutes les grosses tomates…

– Oui. Le destin de la tomate est curieux. Nous savons qu'en 1544 elle était connue en Europe grâce aux écrits d'un certain Mathiolus qui lui trouvait des points communs avec la mandragore, réputée aphrodisiaque. A la suite de cela on la baptisa « pomme d'amour ». Puis, plus tard, « pomme d'or » (aujourd'hui, tomate se dit toujours *pomodoro* en italien). Les gravures du XVIe siècle nous montrent un petit fruit rabougri. A la différence du poivron, il semble qu'en Amérique il se soit agi d'une plante très secondaire, à peine domestiquée. La tomate s'est donc traînée en Europe durant deux siècles, sans qu'on s'y intéresse. Mais au XVIIIe siècle, au sud de Naples, des jardiniers italiens se sont attelés de manière systématique à une domestication plus poussée du petit fruit rouge qu'on appelait alors « pêche de loup ». C'est donc grâce à eux, et non aux Espagnols qui l'avaient rapportée du Mexique, qu'elle est devenue ce légume universel que nous connaissons. Dès la fin du XVIIIe, les premières usines de fabrication de sauce tomate furent construites en Italie. D'adaptations en adaptations, la plante d'origine tropicale s'est acclimatée à des régions plus froides. Sa culture est remontée peu à peu vers le nord. Au XIXe siècle, elle arrivait en Angleterre. Et c'est donc d'Europe que la tomate, ressuscitée en Italie, partit conquérir l'Amérique de ses ancêtres.

Melting-pot

– Belle histoire. Maintenant nous avons presque la ratatouille, mais il manque encore l'huile d'olive !

– C'est bien la seule chose dans votre ratatouille qui soit originaire, sinon de Provence, au moins du bassin méditerranéen : l'olivier vient du Proche-Orient.

– Et les arbres fruitiers ? Ils sont tous venus d'ailleurs ?

– La plupart. Pêcher et abricotier ont été domestiqués en Asie centrale. Les Romains ont rapporté le pêcher de Perse au Ier siècle ; les Arabes ont trouvé l'abricotier en Arménie au VIIIe siècle. Les cerises bigarreaux sont européennes, mais les griottes viennent d'Asie Mineure. Le poirier a été rapporté de Perse par Alexandre, mais il avait sans doute été domestiqué plus loin au cœur de l'Asie. Même chose pour le pommier. Le cognassier : Perse, Turkménistan ; le figuier : Turquie, Irak ; le noyer :

montagnes du Sud-Ouest chinois ; le noisetier : Balkans et rives de la Caspienne… Seul le prunier est indigène en Europe : on en dénombre 200 variétés dans l'hémisphère Nord.

– Les fraises ?

– Ça dépend. Les fraises des bois sont sauvages en Europe. Mais les grosses fraises de jardin viennent d'Amérique. De deux origines différentes : la Virginie au nord et le Chili au sud. Mais, je vous le répète : l'Europe était pauvre et n'a pas domestiqué grand-chose. Même la rhubarbe vient de Chine et, bien sûr, tous les agrumes sont originaires du Sud-Est asiatique…

– Que de voyages dans un seul jardin !

– Certains végétaux n'ont pas eu besoin des jardiniers pour partir à l'aventure. Ainsi la noix de coco, par exemple, flotte très bien. Elle a colonisé seule, en partant du Sud-Est asiatique, les rivages de toutes les îles tropicales de la planète. Le cocotier est un arbre de plage. Ses noix tombent à terre, roulent dans l'eau, flottent au gré des courants, et vont germer sur une autre plage qui se trouve à 3 000 kilomètres de là…

– Le cocotier est-il considéré comme une plante domestiquée ?

– Non, bien que les hommes l'aient beaucoup planté. C'est d'ailleurs ce qui lui a sans doute permis de traverser les 50 kilomètres de l'isthme de Panama pour atteindre les Caraïbes.

– Revenons cultiver notre jardin. Est-ce que les herbes : persil, thym, laurier, sont aussi de naissance exotique ?

– Le thym est indigène. Le persil et le laurier-sauce viennent du Proche-Orient et du pourtour méditerranéen.

– Et nous n'avons pas encore parlé d'une plante qui a accompagné pas mal de nos mythes occidentaux, surtout au sud : la vigne.

– Son histoire est étonnante, et, finalement, il s'agit d'une vraie aventure écologique.

La saga du raisin

– Où et quand commence-t-elle ?

– La vigne est apparue il y a très longtemps, avant la séparation des continents. Elle faisait partie de la flore tertiaire. On en trouve dans l'hémisphère Nord. Les vignes européennes proviennent des régions du Caucase et de la Caspienne ; les vignes asiatiques de la vallée du fleuve Amour, aux confins de l'Extrême-Orient russe et de la Chine. Il existe aussi une vigne japonaise, à Hokkaido et Sakhaline, mais ce n'est qu'une variante insulaire de la vigne de l'Amour. Au Sud du Caucase et à la périphérie de la Perse, on vendangeait déjà il y a 5 000 ans. Et dans la haute Antiquité égyptienne, le vin était un produit courant : on a retrouvé pressoirs, cuves à vin, amphores avec origine du vin et nom du producteur. Une première diffusion de la culture de la vigne a été effectuée par les Grecs sur le pourtour méditerranéen. Puis les Romains la firent pénétrer à l'intérieur du continent européen.

– Jules César aurait-il introduit le vin en Gaule ?

– Non. Ce sont des comptoirs grecs qui ont amené la vigne dans le Sud. Quand César est arrivé en Gaule, on faisait déjà du vin à Lyon. Les Gaulois avaient même inventé la tonnellerie avant que les Romains n'arrivent avec leurs amphores en terre cuite. Le châtaignier a d'ailleurs suivi le même parcours que la vigne à l'intérieur de l'Europe, où l'Église chrétienne a mené la vigne jusqu'à sa limite nord : du sud de l'Angleterre à Brême en Allemagne. Et aussi, plus tard, jusqu'à sa limite sud : Afrique du Nord, et même Sahel, puisqu'il y avait des évêchés jusqu'en Mauritanie.

– Il y avait aussi de la vigne en Amérique ?

– Bien sûr. Les Vikings ont rendu visite à l'Amérique bien avant Christophe Colomb, en passant par l'Islande et le Groenland où ils avaient fondé une colonie aux environs de l'an mil. De là ils ont traversé l'Atlantique et débarqué vers l'embouchure du Saint-Laurent. Ils connaissaient la vigne depuis les expéditions qu'ils avaient menées en Europe méridionale. Ils ont donc reconnu immédiatement les vignes sauvages américaines. A tel point que Leif, le fils d'Éric le Rouge, avait baptisé l'Amérique « Vinland », le pays du vin.

Les vignes du Seigneur

– Le problème des Vikings, c'est qu'ils n'ont pas donné suite à leurs raids. Les vignes américaines ont-elles été redécouvertes dès leur arrivée par les colons européens ?

– Pas du tout. En 1529, Colomb avait emporté des ceps espagnols en Amérique. Et c'est donc avec eux que les monastères jésuites du Nouveau-Mexique ont produit leur vin. Même chose dans les monastères franciscains de Californie. De San Diego à San Francisco mûrissait du raisin européen.

– Parce qu'il était domestiqué, contrairement aux plants américains ?

– Oui. Pourtant, ça ne marchait pas fort ! Deux maladies totalement inconnues en Europe, l'oïdium et le phylloxéra, faisaient crever les trois quarts des vignobles. Pourtant, avec le temps, les vignes se sont adaptées et sont devenues en partie résistantes.

– Personne ne s'est jamais intéressé aux vignes sauvages américaines ?

– Si : les colons anglais, sur la côte Est. Dès 1621, ils font du vin à partir de ceps sauvages dans le Massachusetts. On sait qu'en 1629 les vendanges du révérend Higginson furent abondantes. Ces variétés américaines sont très productives. Seul inconvénient : le vin était infect. Il sentait le renard, paraît-il, c'est pourquoi on dira plus tard qu'un vin ayant conservé cet arrière-goût est « foxé ».

– Les Anglais sont pourtant de fins connaisseurs en matière de vin. Ils le buvaient quand même ?

– Non. Ils finirent par renoncer et importèrent, au début du XVIIIe siècle, des *Vinis vinifera* d'Europe. Malheureusement, ils crevèrent tous. Toujours l'oïdium et le phylloxéra, qui semblaient plus virulents que chez les Espagnols de la côte Pacifique. L'affaire était importante, semble-t-il, puisque le président en personne, Thomas Jefferson, intervint pour préconiser un retour aux vignes indigènes.

– Et à la piquette foxée !

– Oui, mais les vignerons de la côte Est s'accrochèrent et, en 1735, un certain James Alexander, de Philadelphie, cultiva un hybride européen/américain qui résistait aux maladies et donnait un vin à peu près buvable. L'hybridation de la vigne avait donc été réalisée en Amérique, bien avant que l'on trouve la même solution au même problème, en Europe, un siècle et demi plus tard.

Les ceps du diable

– Les Européens n'étaient pas au courant ?

– Non. A l'époque l'information circulait mal. Et les Européens, qui faisaient du bon vin, ne s'intéressaient pas aux vignes américaines. Sauf pour faire joli, sur les murs des maisons et les tonnelles des jardins... On importa donc des variétés ornementales, et avec elles l'oïdium qui, à partir de 1847, se mit à ravager les vignes, mais aussi d'autres plantes, tels les rosiers. Le traitement au soufre mis au point par Léonce de la Vergne en 1852 permit de contrer le fléau. Pourtant, certains décidèrent de faire des économies. Pour réduire les pulvérisations, ils essayèrent les vignes américaines résistantes à l'oïdium. En 1861, un Toscan dénommé Ridolfi planta un vignoble en cépage américain. Il fut imité en 1866 par Lalineau, un vigneron bordelais.

– Et ils obtinrent du bon vin ?

– Le cataclysme qu'ils avaient déclenché fit passer la question au second plan : en important des vignes résistantes à l'oïdium, les petits malins venaient d'introduire en Europe le *Phylloxera vastatrix* – en français : le puceron dévastateur ! Le fléau porte bien son nom : en France, sur 2 millions et demi d'hectares de vignes, 1 million et demi ont été détruits.

– *On n'a pas trouvé de parade ?*

– Si, plusieurs. D'abord : inonder les pieds de vigne : le puceron est noyé. Mais les vignes n'aiment pas ça, et les meilleurs vignobles se trouvent sur des coteaux rendant l'opération impossible. Autre système : le traitement des racines au sulfure de carbone.

– *Inconvénient ?*

– Le procédé est compliqué : il faut déchausser la plante. Cela revient donc très cher. Seuls les grands crus, à cheval sur la qualité et disposant de marges importantes, pouvaient s'offrir cette thérapeutique. La troisième solution consistait à importer des plants américains résistants. Problème : on découvrit alors que le vin produit n'était pas bon. Et, surtout, les vignerons dont les plantations étaient encore saines s'insurgèrent : « Vous allez nous amener encore plus de phylloxéra ! » Finalement les importations se firent tout de même, et l'on réinventa l'hybridation de cépages du Nouveau Monde avec des cépages français que les Américains avaient mis au point un siècle et demi plus tôt.

– *Tout était bien qui finissait bien...*

– Pas du tout ! La qualité du vin produit par les hybrides était peut-être passable aux États-Unis, mais pas en France ! Il fallut l'abandonner. On mit au point des techniques de greffage, et on utilisa donc les pieds américains comme simples porte-greffes des cépages français. Alors prit fin, au bout de vingt ans seulement, la crise du phylloxéra.

– *A-t-elle eu des conséquences importantes ?*

– D'abord, elle entraîna une concentration du vignoble. De nombreux petits exploitants furent éliminés, et avec eux une multitude de vignes de pays, à jamais disparues. Ensuite, les porte-greffes américains se révélèrent de véritables machines à pomper le sol. Il fallut l'enrichir, tandis que les rendements augmentaient de manière spectaculaire. Malgré une surface cultivée moins importante qu'auparavant, la surproduction entraîna la grave crise de 1907. Et il y a eu aussi un effet curieux. Dans le Sud de la région parisienne, des vignerons ruinés se sont reconvertis dans la culture des roses. Ils envoyaient aux Halles leurs fleurs coupées, récoltées dans des hottes à raisin, par le train à vapeur qui reliait Boissy-Saint-Léger à la Bastille. La zone de Mandres-les-Roses est ainsi devenue le plus important centre de culture des roses en France.

– *Et, en Amérique, que sont devenues les vignes jésuites et franciscaines de la côte ouest ?*

– Elles avaient été plus ou moins abandonnées après la guerre contre l'Espagne et l'annexion de la Californie et du Nouveau Mexique par les États-Unis. Mais plusieurs vignobles avaient été plantés au Pérou avec ces cépages. De là, la vigne était descendue très au sud, au Chili, où elle s'est plu, dans un climat tempéré et un environnement apparemment épargné par l'oïdium et le phylloxéra. Ce qui fait dire aujourd'hui à certains vignerons chiliens qu'ils sont les seuls au monde à cultiver des francs pieds 100 % européens…

Soleil contre soja

– *Quelle histoire ! Le maïs et le tournesol, qui nous viennent aussi d'Amérique, n'ont pas, eux, apporté de maladies nouvelles ?*

– Si, bien sûr. Ils sont venus accompagnés de leurs propres fléaux. Mais il n'existait en Europe ni maïs ni tournesol locaux susceptibles d'être contaminés…

– *Ce sont des importations relativement récentes, non ?*

– Le tournesol n'est cultivé sur une grande échelle que depuis peu. Jusqu'aux années 70, on le faisait pousser dans les jardins, bien plus que dans les champs et, comme Van Gogh, on le mettait dans des vases, pas dans des poêles, sous forme d'huile… On avait depuis pas mal de temps consommé une plante très voisine du tournesol, aujourd'hui tombée en désuétude : le topinambour. La fleur est très jolie, elle ressemble à un petit tournesol, mais on consomme le tubercule. Le topinambour a été rapporté de l'Indiana vers 1605 par le Français Samuel Champlain, le fondateur de Québec. Et on l'a longtemps appelé – allez savoir pourquoi ! – l'« artichaut de Jérusalem »…

– *Mais si le tournesol avait été importé, c'est qu'on le trouvait tout de même intéressant.*

– Oui, il est arrivé dans les jardins botaniques européens au XVIIe siècle. Son origine précise ? On ne sait pas trop. Ce qui est sûr, c'est qu'il s'agissait d'une plante adaptée à la prairie américaine et déjà domestiquée par les Indiens. Mais sa mise en culture a traîné longtemps. Il a d'abord eu un grand succès dans les prairies continentales : l'Ukraine, la Bulgarie… En France, le tournesol n'a vraiment démarré qu'au milieu des années 70.

– *Pourquoi ?*

– Durant la période coloniale, l'huile d'arachide du Sénégal avait balayé la production d'oléagineux en métropole. Après les indépendances, il a fallu la reconstituer. On a replanté des oliviers et exploré d'autres pistes. On a commencé à hybrider les tournesols dont on disposait avec des variétés soviétiques, très performantes.

– *Plus que les américaines ?*

– Peut-être plus adaptées à nos climats. Les Russes avaient réalisé un travail considérable sur le tournesol. Au début de la guerre froide, ils se sont retrouvés dans une situation de quasi-blocus. Or, ils ne disposaient pas de source d'huile suffisante. Pas d'oliviers, pas d'arachide, pas de soja… Ils avaient donc sélectionné et hybridé des tournesols, et obtenu des résultats remarquables.

– *Donc, la France post-coloniale suit un peu le même raisonnement.*

– D'une certaine manière oui, et les choses se sont accélérées avec la crise du soja. Les États-Unis détenaient le monopole de la culture de cette plante (originaire de Chine, nous l'avons vu), qui donne de l'huile, et un tourteau apportant un complément important de protéines aux animaux d'élevage. En 1972, les Américains ont profité de leur situation dominante pour fermer le robinet et faire grimper les prix. Résultat : tout le monde a cherché des substituts au soja, et les champs se sont alors couverts de soleils.

La dernière céréale universelle

– Et le maïs ? Sa culture, en Europe, semble relativement récente.

– Non ! Elle ne l'est qu'au Nord. Vous pensez bien que les Espagnols n'avaient pu ignorer cette céréale extraordinaire ! Lorsque Christophe Colomb est arrivé en Amérique, il y en avait partout le long de la côte. Son fils, relatant le premier voyage, explique que son père a découvert un blé magnifique appelé *maïze* par les habitants du pays et qui était cultivé en association avec des pois (il s'agissait en fait de haricots).

– Il était domestiqué ?

– Tout à fait. D'ailleurs on a eu du mal à retrouver son ancêtre sauvage, la téosinte, car elle est vraiment très différente du maïs cultivé.

– Christophe Colomb a donc rapporté du maïs ?

– Dès le premier voyage. Les graines, c'est facile à transporter, à conserver, à semer. Et dans les zones méridionales de la péninsule Ibérique disposant d'assez d'eau, le maïs retrouvait un environnement comparable à celui du Nouveau Monde. La culture du maïs s'est donc répandue. Les Arabes en ont récupéré des graines et l'ont fait pousser en Égypte, d'où, dès le milieu du XVIe siècle, il est passé en Orient. Partout où existaient des systèmes d'irrigation, on s'est mis à le cultiver. Le maïs a peu à peu fait reculer le blé et l'orge dans le delta, et il a remplacé le sorgho dans la plus grande partie de la vallée du Nil. Sa culture s'est ensuite étendue en Afrique où, dans de nombreuses régions, il a pris la place des céréales locales, comme dans la zone soudano-guinéenne. Au Burundi, il est présent dans tous les jardins. Si le manioc est la plante miracle des sols très pauvres, le maïs est celle des terrains humides. Il est aussi passé en Inde, il a atteint la Chine, et est finalement devenu une plante universelle.

– Uniquement au Sud.

– Dans une première phase, oui. Car ensuite le maïs a commencé aussi à remonter vers le Nord. Mais le processus était long parce que la plante devait s'acclimater. Toujours le même mécanisme : les lignées ayant pour caractéristique une meilleure résistance au froid l'emportaient peu à peu sur les autres et permettaient de cultiver la plante un peu plus au nord. Année après année, le maïs s'adaptait à un nouvel environnement. Après plusieurs décennies, il avait remonté toute l'Espagne et atteint le sud de la France. Mais au bout d'un moment cela s'est stabilisé. La plante avait atteint sa limite nord. En gros : la Loire. Pour aller plus loin, il fallait trouver d'autres variétés.

– Il en existait d'autres ?

– Bien sûr. Rien qu'en France, on comptait 400 variétés de maïs de pays dans les années 50. En Amérique, la ressource génétique est bien plus grande. On a donc commencé à créer des hybrides par croisement avec des variétés américaines et obtenu des maïs à cycle beaucoup plus court, qui avaient donc le temps de mûrir durant les quelques mois de chaleur estivale des pays tempérés.

– Justement : est-ce que le résultat n'était pas un grain de moins bonne qualité, tout juste bon pour le bétail ?

– La qualité dépend surtout de la variété, plus que de la latitude. Au nord, les résultats étaient excellents. Meilleurs même que dans les régions méditerranéennes, car au nord on ne manquait pas d'eau. Il est exact qu'en France on cultive peu de maïs doux destiné à la consommation humaine directe. Mais il s'agit seulement d'un choix, lié à nos habitudes alimentaires.

– Maïs, tournesol, pomme de terre, tomate, haricot, courge... La liste des plantes américaines est longue.

– Celle des plantes asiatiques l'est tout autant.

Mourir pour des bananes

– Est-ce que les Américains ont importé, eux aussi, des plantes asiatiques ou proche-orientales ?

– Bien sûr. Le soja, le riz, le blé. Mais aussi la canne à sucre, originaire de Chine du Sud, trouvée en Inde par Alexandre le Grand, récupérée par les Romains qui l'appelaient le « roseau sucré ». Ce sont ensuite les Arabes qui l'ont diffusée dans tout le sud de la Méditerranée. Surtout en Égypte. Au XVIe siècle, on trouvait la canne à sucre aux Canaries. Puis les Portugais ont pris le relais. Au XVIIe, elle était aux Açores. Elle atteignit ensuite le Brésil, où elle se répandit sur toute la côte. On la retrouva plus tard aux Caraïbes…

– *Les bananiers n'ont-ils pas une histoire similaire ?*

– Si : la banane est découverte en Inde par les Grecs. Connue des Romains mais, comme la plupart du temps, diffusée par les Arabes qui, cette fois, sont relayés en Afrique noire par les Bantous. Espagnols et Portugais récupèrent des bananiers au Maroc, et développent en Amérique ce qui deviendra la première culture servant de support à un capitalisme agro-exportateur moderne.

– *Dont les républiques dites bananières seront un symbole.*

– Tout à fait ! Des multinationales comme United Fruit, épaulées par la CIA, n'avaient pas hésité à fomenter des coups d'État et à déclencher des guerres en Amérique centrale pour assurer leur contrôle sur toute la production. Dès que d'énormes intérêts financiers sont en jeu…

CHAPITRE 4

Le roman de la rose

Toutes les plantes cultivées ne sont pas utilitaires : on trouve la trace, dès la plus haute Antiquité, de cultures ornementales, et tout particulièrement de fleurs.

L'âme du soleil levant

– Faisons un dernier tour du jardin pour jeter un coup d'œil aux fleurs.

– **Marcel Mazoyer :** Elles aussi ont beaucoup voyagé. Dans ce domaine, un pays dont nous avons peu parlé jusqu'à maintenant a joué un rôle important : le Japon, qui a domestiqué de nombreuses plantes ornementales, et en a amélioré beaucoup d'autres, provenant de Chine, comme la pivoine, le *Mahonia*, le palmier « moulin à vent »… Et même les chrysanthèmes qui, bien qu'originaires d'Europe du Sud, ont été cultivés en Chine durant des siècles, comme légumes.

– Les Chinois mangent les chrysanthèmes ?

– Feuilles et pétales bouillis accompagnaient la sauce au soja. Mais très vite les Chinois, et surtout les Japonais, ont obtenu d'innombrables variétés décoratives. Le chrysanthème à 16 pétales est même devenu le symbole de la famille impériale nippone.

– Existe-t-il beaucoup de plantes d'origine strictement japonaise ?

– Quelques-unes, comme l'*Aucuba* qui pousse à l'état sauvage dans les montagnes de l'archipel, et à l'état domestique dans tous les jardins urbains occidentaux, à cause de son extrême résistance à la pollution et aux mauvais traitements. Il y a aussi le *Sophora japonica*, l'« arbre du succès de la vie » qui est planté près des pagodes. Le *Camelia japonica*, qui peut atteindre 10 mètres de haut dans les montagnes du sud du Japon, a été importé en Europe en 1792 par la Compagnie des Indes orientales. La plupart des azalées, classées aujourd'hui dans le genre rhododendron, sont originaires du Japon, même lorsqu'on les appelle *indicum* parce que ce sont des bateaux revenant des Indes orientales qui les ont rapportées. En 1681, on en dénombrait déjà 150 variétés cultivées dans les jardins japonais. Il y a aussi le paulownia qui pousse là-bas à l'état sauvage.

– Et les prunus ?

– Oui, bien sûr : si en Europe nous avons amélioré de nombreux arbres pour récolter de meilleurs fruits, les Japonais, eux, ont cherché à obtenir de plus belles fleurs. Cognassiers, pêchers et surtout cerisiers décoratifs sont cultivés, hybridés et greffés depuis plus de 1 000 ans. On trouve des dizaines de variétés sauvages de cerisiers dans les montagnes du pays. Et cet arbre, objet d'un véritable culte, est considéré comme l'« âme du Japon ». Certains de ces cerisiers sont extraordinaires, comme le pleureur, qui peut atteindre 10 mètres de haut, ou le cerisier à fleurs doubles qui se couvre au printemps de fleurs comportant jusqu'à 30 pétales, comme des petites roses…

– *Il n'existe pas de rosiers japonais ?*

– Si, une aubépine : la *Rosa rugosa.*

– *Le rosier des parkings et des bordures d'autoroutes ? Il est originaire du Japon ?*

– Oui. Il vient de Sakhaline et on le trouve dans toute la région : Vladivostok et la Corée. Il s'agit d'un églantier très résistant, rapporté du Japon donc, qui a peu à peu colonisé la côte Atlantique en Europe. La *Rugosa* a pris la place d'un vieil églantier moins costaud que l'on appelait rose d'Écosse. Il est également utilisé pour la fabrication de roses modernes. Par les rosiéristes allemands, en particulier, qui sont spécialistes des « rosiers de paysage ».

Un bouquet d'églantines

– *Quelle est l'origine de la rose, de la vraie ?*

– Cette fleur est apparue sur Terre récemment : il y a tout juste une quarantaine de millions d'années. La rose sauvage, en Europe occidentale, c'est l'églantine commune, en latin *Rosa canina,* sans doute à cause de ses grosses épines qui accrochent comme des crocs. Elle a peut-être été un peu cultivée, mais sans être domestiquée de manière significative.

– Alors, d'où viennent les roses ?

– D'autres variétés d'églantiers. L'un, appelé *Rosa gallica*, la rose gallique, poussait du Rhin au Caucase et à la Perse. Il avait été cultivé très anciennement entre Mésopotamie et Palestine. Le deuxième, *Rosa phœnica*, la rose phénicienne, était également cultivé au Proche-Orient. Même chose pour le troisième, *Rosa moschata*, la rose musquée très odorante, sans doute native du nord de l'Afrique.

– La domestication de toutes ces églantines s'est faite à quelle époque ?

– C'est la fresque à l'oiseau bleu de Cnossos, en Crète, vieille de 3 900 ans, qui offre la première représentation d'une rose, bien qu'il soit difficile de déterminer s'il s'agit d'une fleur domestiquée ou d'une églantine. Et quand les Romains arrivent en Égypte, les Grecs y ont déjà développé la culture des roses dans le Fayoum, une dépression humide à 150 kilomètres au sud-ouest du Caire. On a retrouvé de nombreux portraits de défunts avec des couronnes de roses. Et surtout, à Hawara, on a découvert, avec des momies romaines de l'Égypte ancienne qui datent de 170 ans après J.-C., des roses séchées, extraordinairement bien conservées. On a l'impression que quelques gouttes d'eau suffiraient à faire regonfler leurs pétales. Ces fleurs ont donc été parfaitement identifiées : on les appelait : « roses saintes » ou « roses de saint Jean ». Elles poussent encore aujourd'hui dans les monastères d'Éthiopie. Ce sont des croisements de *gallica* et de *phœnica*. Il s'agit donc d'une ancienne variété de la fameuse rose de Damas.

– Que vient faire Damas dans cette histoire ?

– Cela peut sembler un peu compliqué, parce que l'on a donné, selon les lieux et les époques, des noms différents aux mêmes variétés. En fait, les premières roses occidentales sont nées de croisements entre les trois églantiers domestiqués dont nous avons parlé. La gallique et la phénicienne ont donné la rose de Damas connue localement, donc, sous les noms de « rose sainte » ou « rose de saint Jean ».

– Pourquoi l'a-t-on appelée « de Damas » ?

– Parce que c'est là-bas que les Croisés l'ont trouvée. La gallique et la musquée ont produit une autre Damas : la quatre saisons. Ce qui est une exagération : elle est d'ailleurs classée *bifera* par les botanistes, ce qui signifie qu'elle fleurit deux fois. Mais lorsqu'elle est arrivée en Sicile et dans le sud de l'Italie, elle fleurissait au printemps. Puis, au mois d'août, elle prenait un coup de chaleur qui stoppait sa végétation aussi sûrement que le froid de l'hiver. Il suffisait ensuite des premières pluies de l'automne pour qu'elle se réveille et se remette à fleurir comme au printemps.

– Reste le mariage de la phénicienne avec la musquée.

– Il ne semble pas avoir donné de descendance marquante. En fait ces deux roses étaient très proches. En revanche, le croisement de la gallique avec la Damas quatre saisons a donné naissance à la *Rosa officinalis*, ou rose des apothicaires, promise, au Moyen Age, à un grand avenir.

La fleur des fêtes et de l'amour

– *Mais avant, il y a eu Rome.*

– Oui. Rome faisait venir des roses par bateaux entiers. C'était même l'une des principales importations romaines en provenance d'Égypte.

– *Des fleurs coupées ? Comment supportaient-elles le voyage ?*

– Il y avait un jour ou deux de portage et de descente du Nil depuis le Fayoum, puis six jours de mer. Mais les Romains faisaient aussi venir des roses de Cyrénaïque (l'actuelle Libye), de Carthage, et même des roses dont la culture avait été introduite en Sicile par les Grecs. Celles qu'ils allaient chercher en Égypte étaient donc des fleurs de contre-saison. Elles s'épanouissaient dès le mois de mars, et pas en juin, comme les autres. La température dans les cales des bateaux était alors à peu près celle de la mer, autour de 14 degrés. Dans ces conditions, les fleurs, cueillies à peine écloses, pouvaient tenir une semaine sans problème. D'autant plus qu'elles étaient utilisées pour des fêtes. C'étaient des fleurs d'une journée. Elles valaient sûrement ces roses réfrigérées que l'on achète parfois chez certains fleuristes et qui fanent en 24 heures, sans même s'être ouvertes.

– *S'ils en faisaient une telle consommation, les Romains n'ont-ils pas eu l'idée de développer la culture des roses plus près de chez eux ?*

– Si, bien sûr. Dans un deuxième temps. Il y a eu trois grands centres : Paestum, près de Salerne, Leporia, près de Naples, et Praeneste, non loin de Rome. C'est là que des jardiniers ont obtenu une rose blanche, la fameuse *Rosa alba*, en croisant une rose de Damas avec une *Rosa canina*, notre vieille églantine occidentale dont les fruits rouges en automne fournissent aux galopins du poil à gratter. Les Romains ont lancé et développé une véritable agriculture de la rose.

– Ce qui est extraordinaire pour une plante qui n'est pas un médicament, pas un aliment, pas un poison ni une drogue, encore moins un bois de construction. Il s'agit de la première matière première qui n'a d'autre objet que séduire !

– Ce n'est pas tout à fait exact : elle a aussi servi à préparer des remèdes, des cosmétiques, de l'huile de rose. On l'utilisait même en cuisine. Mais il est vrai que, dès le début de l'ère chrétienne, la rose fut diabolisée, parce qu'on la considérait comme la plante de toutes les débauches, la fleur des fêtes et de l'érotisme. Sa culture a reculé dans l'Occident chrétien au début du Moyen Age. Mais cela n'a pas duré.

– On n'a jamais raison contre les roses !

– Non. L'Église a donc essayé de s'approprier la fleur, de la détourner comme elle l'a fait si souvent, avec succès, pour les fêtes païennes. Au IVe siècle a débuté le culte de Marie. On associa alors la rose, devenue soudain symbole de pureté, à la Vierge. On la cultivait même dans les monastères.

Petite croisade pour une rose

– *Qu'est-ce qui a provoqué la renaissance de la rose comme symbole de l'amour ?*

– Les croisades, qui ont permis de découvrir de nouvelles roses en Orient – en fait, il s'agissait des premières –, et aussi la société qui changeait : les débuts de l'amour courtois. Au XIIIe siècle, un personnage flamboyant, qui fut, dit-on, amoureux de Blanche de Castille et de la reine de Chypre, a joué un grand rôle. Il s'appelait Thibaud IV « le chansonnier », comte de Champagne. Ses chansons, qui sont considérées comme faisant partie des plus beaux spécimens de la poésie courtoise, témoignent de ses amours innombrables. En 1234, à la mort d'un oncle, il se retrouve roi de Navarre. Est-ce que cela lui monte à la tête ? Toujours est-il qu'il décide de faire une croisade. Tout seul. Il part en 1239, et revient l'année suivante sans avoir atteint les Lieux saints. Mais il rapporte de son voyage guerrier une fleur qui l'a séduit : la *Gallica officinalis.* Elle sera vite surnommée rose de Provins, parce que, dès son retour, il la fait cultiver dans cette ville. Très vite, la rose va devenir l'un des principaux commerces de Provins. On la vend, non pas en fleurs coupées, comme à Rome, mais sous forme de décoctions, confitures, pétales séchés, etc. Les foires de Champagne étaient très importantes au Moyen Age, elles constituaient un lien entre les marchands de la Hanse des villes du Nord et le commerce méditerranéen. Provins occupait donc une position stratégique. C'est de là que partit la relance de la culture de la rose en Europe, et particulièrement en France. C'est à cette époque que la fleur sera baptisée « gallique », qui signifie « gauloise de France », nom par lequel elle est connue aujourd'hui, et qui entretient une confusion avec *Rosa gallica*, son églantine de mère.

Les Deux-Roses

– *La gallique a-t-elle eu une descendance importante ?*

– On dit qu'Édouard de Lancastre la découvrit en 1279, lors d'un voyage à Provins. Il emporta des boutures en Angleterre et, totalement séduit, en fit son emblème. La rose rouge qui fleurit aujourd'hui sur les maillots des rugbymen anglais a une longue histoire… Quant à la rose blanche des York, durant la guerre des Deux-Roses, il s'agissait d'une *Alba* romaine. Croisée avec une Damas quatre saisons, la rose de Provins a donné la Portland qui, elle-même, de croisements en croisements avec des roses d'origine chinoise et perse, aboutira aux roses modernes comme la fameuse Mme A. Meilland. La quatre saisons a aussi donné naissance à une belle progéniture : les Hollandais l'ont croisée avec une *Alba*, obtenant la *Centifolia*, première rose pleine, à multiples pétales, dont la célébrité sera assurée par les peintres flamands.

– *Quelles sont ces fameuses roses venues d'Orient ?*

– Au début, on les appelait *indica*, pour les avoir trouvées en Inde. En fait, elles provenaient de Chine. Les plus anciennes connues sont la *Rosa gigantea* et la *Rosa chinensis*. Mais on n'a pas encore retrouvé toutes les églantines de Chine, les variétés sauvages d'origine.

L'exploration botanique de ce pays est loin d'être achevée. Il semblerait que la région d'origine des *Rosa gigantea* se situe sur les contreforts tibétains... Toujours est-il que le croisement des deux variétés chinoises a donné la fameuse rose-thé.

– *On l'a appelée « thé » à cause de sa couleur ?*

– Pas du tout. A cause d'un parfum qu'elle n'a plus aujourd'hui. A l'époque, on rapportait les rosiers dans les bateaux qui revenaient de Chine avec des cargaisons de thé. Ils en prenaient l'odeur pénétrante au cours du voyage. De nombreux croisements furent donc opérés entre rosiers occidentaux et chinois. Celui réalisé entre un hybride de Chine et une gallique donnera le premier rosier remontant, c'est-à-dire capable de fleurir du printemps à l'automne. La *Rosa chinensis*, d'origine tropicale, ne connaît pas les saisons. La plante peut fleurir toute l'année. Ici, elle mourrait en hiver. Il faut donc la croiser avec des roses occidentales pour qu'elle réussisse à s'adapter, hibernant quand vient le froid, mais apportant sa floraison continue tout au long de la belle saison.

– *Et la rose de Perse ?*

– C'est la *Rosa fœtida*, nom qui signifie qu'elle n'a pas de parfum. On ne sait pas d'où elle vient. On l'a seulement trouvée en Perse, domestiquée depuis longtemps. Il faut signaler en Amérique une *Rosa virginiana* et une *Rosa California*. D'où viennent-elles ? Ont-elles passé le détroit de Behring dans les poils d'animaux ? A ma connaissance, les Américains ne les ont guère utilisées. Leur pays est peuplé d'une multitude de roses, pour la plupart originaires d'Angleterre.

Les épines de la jalousie

– De quand date le retour de l'engouement pour les roses « décoratives » ?

– Du Moyen Age ! Les roses pures du culte de Marie n'ont pas réussi à faire illusion longtemps. La trop belle fleur a vite échappé à la Sainte Vierge pour redevenir symbole d'amour et même d'érotisme. *Le Roman de la rose* en témoigne, dont on ne donne pas le second tome à lire aux lycéens... Pour ce qui est des Temps modernes, c'est la jalousie de Napoléon qui est à l'origine de la première grande collection.

– Comment cela ?

– Il avait installé Joséphine loin de Paris, pour qu'elle ne voie pas trop de monde lorsqu'il était en campagne. Il lui avait donc acheté la Malmaison. Joséphine, fille de planteurs martiniquais, était habituée aux fleurs, et elle transforma le parc en un jardin d'acclimatation avant la lettre. Elle fit venir toutes les plantes possibles, en particulier des roses. En 1810, lorsque, répudiée, elle dut quitter la Malmaison, elle avait constitué la plus grande collection de roses du monde. Car même les anglaises étaient là : le blocus continental n'avait pas fonctionné pour les roses ! Les grands pépiniéristes de Londres lui avaient expédié tous les rosiers qu'elle demandait, par bateaux qui venaient mouiller discrètement près des côtes françaises. Malheureusement, seule une partie de ce trésor, que nous connaissons par les dessins d'un artiste du Muséum nommé Redouté, sera sauvée au XIXe siècle, après des années d'abandon.

– Combien y avait-il de variétés de rosiers à la Malmaison ?

– Presque 200. A l'époque, cela faisait beaucoup ! C'est lorsque l'on a appris à greffer, dans le courant du XIXe siècle, que les variétés ont été multipliées. Aujourd'hui, il existe quelque 25 000 roses, et il en sort plus d'une dizaine de nouvelles par an. Les recherches actuelles portent beaucoup sur la résistance aux maladies. Mais la rose étant séductrice, elle est au cœur des modes. Après 20 ans d'amour pour les roses anglaises de David Austin, la tendance est désormais aux roses rétro : celles qui ressemblent à l'*Alba* des Romains et à la gallique de Provins.

– On cherche à retrouver la nature après des excès de sophistication.

– Toutes les roses sont la nature. Elles nous utilisent pour être multipliées, c'est tout. La nature n'est pas figée. Certains prétendus écologistes s'indignent parfois de l'intrusion d'espèces nouvelles dans les paysages : des plantes considérées comme étrangères au terroir, et qui déparent. Mais ça n'a pas de sens !

– Des partisans de la purification botanique ?

– En quelque sorte. La campagne est un lieu de mouvement des espèces végétales, depuis des siècles. Ce qui est choquant, c'est l'introduction massive d'une espèce, quelle qu'elle soit, qui uniformise, réduit la diversité. Mais il n'existe plus guère de plantes dans les jardins et dans les champs qui proviennent directement de l'écosystème originel, local. D'ailleurs, vous le savez bien : au tout début, il n'y avait que des algues…

TROISIÈME PARTIE

Le futur de la nature

CHAPITRE 1

Le temps de la plante-objet

D'abord cueillies, puis domestiquées, les plantes aimées des hommes ont été sélectionnées pour produire toujours plus. L'histoire n'est pourtant pas terminée : désormais, botanistes et agronomes s'effacent peu à peu devant des généticiens, qui ont entrepris de réorganiser le vivant.

La limite biologique

– *Plus que l'agriculture elle-même, n'est-ce pas en fait l'industrie, avec les engrais, les désherbants, les pesticides, et les machines, qui a permis aux plantes cultivées de battre des records de productivité ?*

– **Marcel Mazoyer :** En partie. Au début, c'est vrai, les paysans connaissaient seulement la fumure organique. Celle-ci, en enrichissant le sol pendant des dizaines d'années, a sélectionné les plantes qui profitaient le mieux du fumier. Puis, en quelques dizaines d'années, les industriels ont trouvé le moyen de produire assez d'engrais pour apporter au sol non plus 30 kilos d'azote à l'hectare, mais 50 kilos, puis 100 kilos, 200 kilos… Mais cela coûtait cher. Pour rentabiliser ces engrais, il fallait sélectionner des variétés nouvelles, capables d'absorber de telles doses et d'être assez productives pour que l'investissement soit rentable. Alors, on a fait de la sélection volontaire, rationnelle, méthodique, en utilisant tout ce que l'on savait de la génétique. Et on est allé jusqu'au bout.

– Qu'entendez-vous par : jusqu'au bout ?

– Un beau jour, on s'est aperçu que, pour obtenir encore 10 quintaux de plus à l'hectare, il fallait plus d'engrais que pour les 10 premiers quintaux gagnés. On s'est heurté au rendement décroissant de la fumure. Et, au-delà d'un certain seuil, l'engrais devient même toxique pour la plante. De toute façon, on ne pourra pas pousser les espèces au-delà de certaines limites qui correspondent aux capacités de la photosynthèse.

Les généticiens entrent en piste

– Et c'est lorsque l'on a atteint cette limite que l'on a commencé à chercher d'autres voies ?

– On peut le penser. Les recherches actuelles sur les organismes génétiquement modifiés – on les appelle OGM, c'est plus court et ça fait moins peur – n'ont pas pour objectif d'obtenir une meilleure réponse aux engrais. De ce côté-là, on a déjà beaucoup fait. Les biologistes essaient désormais d'obtenir des plantes dotées de caractères très particuliers : résistance à un insecte, à un désherbant…

– C'est le cas du maïs transgénique. La première plante GM proposée à la culture en Europe.

– Oui, le maïs BT.

– Pourquoi BT ?

– Pour bactérie *Tumefaciens*, le microbe dont est originaire le gène que l'on a introduit dans le maïs et qui lui permet de résister à un insecte.

– Comment peut-on prendre un gène dans un organisme pour l'introduire dans un autre ?

– Un gène, c'est une molécule, ou un petit ensemble de molécules d'acide désoxyribonucléique, le fameux ADN, qui possède, entre autres facultés, celle de commander l'architecture des protéines présentes dans les êtres vivants. Or, chacune de nos protéines a un rôle précis : certaines sont affectées à la lutte contre les microbes, d'autres sont toxiques pour tel ou tel agresseur, d'autres sont tout simplement constitutives de nos muscles… Vous pouvez imaginer les millions de fonctions et, par conséquent, de gènes. Le jeu consiste donc à identifier, dans un organisme, la molécule d'ADN qui programme la protéine remplissant la tâche qui nous intéresse. Ensuite on en fabrique une copie (on dit qu'on la duplique), et on introduit ce gène dupliqué dans un autre organisme, en espérant qu'il va s'exprimer de la même manière, et faire ainsi exécuter par une protéine le travail souhaité.

– Seulement « en espérant » ?

– On connaît les propriétés du gène sélectionné dans l'organisme dont il est issu. On connaît moins bien, en revanche, la manière dont il va fonctionner dans le receveur. On essaye de l'étudier, bien sûr, puisqu'on veut l'utiliser. Mais l'expérience a lieu dans un champ restreint.

– N'est-ce pas risqué ?

– Les chromosomes d'un être vivant contiennent des millions de ces molécules. Une seule ne va pas changer radicalement la configuration de la plante et engendrer un monstre. Dans la nature, il y a sans cesse des gènes qui passent d'un individu à l'autre. La vie est un ballet perpétuel. Quand une bactérie débarque dans votre corps, elle introduit des molécules qui ont des effets plus ou moins passagers…

– Certes, mais mon organisme est une structure cohérente équipée pour lutter contre ces intrusions… Sauf si on court-circuite ses défenses pour installer l'intrus directement dans son programme ! Comme un virus informatique.

– Tout de même, je ne pense pas qu'il puisse y avoir de répercussions importantes et imprévisibles dans l'organisme génétiquement modifié. Le risque, car il existe bel et bien, est ailleurs : dans les effets secondaires.

Le maïs des Mexicains

– Quels sont donc les possibles effets secondaires du maïs transgénique BT ?

– On a d'une part intégré à son patrimoine un gène de bactérie qui lui permet de sécréter lui-même un insecticide très efficace contre une noctuelle, un papillon répondant au doux nom de pyrale, dont la chenille s'attaque au maïs. Cela doit permettre d'économiser des insecticides chimiques, qui sont polluants. D'autre part, on lui a injecté un autre fragment d'ADN, qui le rend résistant à un herbicide total, qui est, lui, peu polluant. Ainsi, on peut pulvériser celui-ci sur le champ cultivé, tout crèvera, sauf le maïs.

– Et où est le danger ?

– Si l'on s'amuse à semer ce maïs au Mexique, pays de la téosinte sauvage, l'ancêtre du maïs, il est quasiment certain que les nouveaux gènes passeront du maïs à la téosinte et que celle-ci, devenue résistante à l'herbicide, pourra envahir les plantations d'Amérique centrale. Quand on connaît l'importance de cette céréale dans l'alimentation des populations de la région, c'est un peu gênant…

– Mais le Mexique, c'est loin.

– Oui, et ailleurs, la contagion à une autre plante est très improbable. Il suffirait donc, en théorie, d'interdire la culture du maïs transgénique uniquement dans cette zone. Mais, en pratique, ce serait inefficace ! Il y aurait forcément un trafic, une erreur, n'importe quoi, et le maïs modifié passerait les frontières… A mon avis, les Américains, qui ont commencé à le cultiver, n'auraient pas dû prendre ce risque pour les autres. Ce n'est pas parce qu'ils n'ont pas les moyens d'imposer leur point de vue au reste du monde que les paysans mexicains doivent subir les dommages créés par la recherche d'un peu plus de profit, en Amérique ou ailleurs.

– Hors de sa zone d'origine, la modification du maïs ne présente-t-elle aucun danger ?

– Danger, peut-être pas, mais risque d'inefficacité, certainement ! La plupart des spécialistes sont d'accord pour dire qu'en ce qui concerne la résistance à la pyrale l'immunité ne durera pas. Avec le temps, la noctuelle va s'adapter et attaquer le maïs à nouveau. Voyez le DDT, de plus en plus de moustiques y sont résistants. D'ailleurs, le paludisme repart très fort. Il ne faut pas sous-estimer la capacité de la nature à sauver sa peau. Ce qui, au fond, est rassurant.

– Et il y a les autres plantes. Après le maïs viendront d'autres végétaux manipulés.

– Il y en a déjà. Mais il est clair que si l'on s'amuse, par exemple, à cultiver un colza résistant aux insecticides, ce sera une catastrophe. Il va se croiser avec la ravenelle et tout un tas de crucifères sauvages... Quantité de mauvaises herbes vont à leur tour devenir résistantes, et, au bout du compte, ça va coûter une fortune pour s'en débarrasser ! Et ce qui est grave, c'est qu'il n'existe actuellement que deux grands herbicides totaux. Le glyphosate et la phosphinotricine. Il s'agit d'herbicides systémiques, c'est-à-dire qui pénètrent par les feuilles mais se dégradent au contact du sol. Ils sont donc peu polluants, pas trop chers, extrêmement utiles. Leur découverte a constitué une vraie innovation. Et ce sont donc ces produits, actuellement irremplaçables, que l'on prendrait le risque de neutraliser ? Cela me paraît aberrant.

Assurances risquées

– Mais on utilise déjà ces herbicides, hors des périodes de culture. On prendrait les risques dont nous venons de parler seulement pour pouvoir les épandre aussi pendant la croissance de la plante cultivée ?

– En effet. Il faut comprendre que, pour qu'elles puissent digérer ces quantités énormes d'éléments minéraux qu'on leur fait absorber, il a fallu sélectionner les plantes, leur apporter des engrais et leur faire subir des traitements compliqués. Or, cela a coûté très cher. Par conséquent, on doit prendre toutes les précautions possibles pour que la récolte ne soit pas réduite. Si l'on compte sur un rendement de 90 quintaux à l'hectare et que l'on n'en fait que 70, on ne boucle pas le budget ! D'où l'utilisation massive d'insecticides pour protéger la récolte. Et d'herbicides, pour que les mauvaises herbes ne viennent pas consommer l'engrais que l'on a épandu.

– Il faut empêcher les moineaux de venir picorer le grain des poules !

– Exactement. Mais ce n'est pas suffisant : on ne peut parer à tous les risques : grêle ou coup de gel… Alors on prend des assurances. Et la création d'OGM correspond à cela : la recherche d'une sorte d'assurance tous risques… Mais on met en mouvement une chaîne d'effets écologiques que l'on ne connaît pas bien, qu'on ne contrôle pas bien et qui exige donc la plus grande prudence.

– Quand ces manipulations génétiques ont-elles commencé ?

– Dès la fin des années 60. En 1973, on avait déjà réalisé le transfert d'un gène dans un colibacille, et dix ans plus tard on obtenait la première plante génétiquement modifiée : un pied de tabac résistant à un antibiotique. Les choses se sont alors accélérées. 1985 : première plante résistante à un insecte ; 1987 : première plante résistante à un herbicide total ; 1988 : première céréale transgénique, le maïs ; 1988 : première OGM mise sur le marché, la tomate Flavour Savour, à maturation retardée.

– *Ces variétés de plantes manipulées ne risquent-elles pas d'éliminer les autres, et de conférer à leurs obtenteurs une sorte de monopole ?*

– Les obtenteurs d'OGM ne monopolisent que quelques variétés, même si elles sont les plus performantes. Ils les contrôlent soit parce qu'il s'agit d'hybrides stériles ; soit parce qu'ils ont mis au point des techniques interdisant à ces plantes de se reproduire ; soit par le droit : on peut interdire aux gens de semer les graines qu'ils ont récoltées, d'en vendre à leur voisin, etc. On peut aujourd'hui breveter des semences, alors qu'elles ont été obtenues à partir des variétés nées du travail de tous les paysans du monde pendant des millénaires.

– *Qui va disposer de ce pouvoir exorbitant ?*

– Pour l'instant, il s'agit d'une course contre la montre entre quelques grandes firmes. Or, c'est une source de progrès : personne ne leur achèterait leurs semences si elles n'amélioraient pas les résultats. Le danger, c'est que ces firmes contrôlent un jour toutes les semences de qualité et que tout le monde soit alors obligé de passer par elles.

– *Elles disposeraient surtout d'une « arme alimentaire ».*

– D'autant plus que les anciennes variétés, non résistantes, disparaîtraient ! Et même si elles subsistaient par endroits, on ne fabriquerait peut-être plus les herbicides et les pesticides anciens. Les rendements risqueraient de baisser fortement. Certains pays se retrouveraient donc pieds et poings liés face à quelques fournisseurs de semences. Il faut éviter à tout prix d'en arriver là.

– La même situation n'existe-t-elle pas déjà avec l'aide alimentaire ?

– Si, un peu. C'est le principe du blocus caché : on ne prête plus d'argent pour acheter du blé ; on fait un prix trop élevé ; on retarde les livraisons... Lorsqu'un État ne peut plus mettre à l'étal les denrées de base, l'existence des gens est menacée, et du coup, celle du gouvernement aussi. C'est un moyen de chantage politique. Aujourd'hui, la « victime » a généralement la possibilité d'aller frapper à une autre porte pour demander de l'aide. Dans une situation de monopole, les données ne seraient plus les mêmes.

La betterave stratégique

– A-t-on déjà utilisé ouvertement l'arme alimentaire ?

– Bien sûr. Les sièges de villes, les blocus ne sont rien d'autre. Les résultats obtenus ne sont pas toujours conformes à ceux que l'on recherchait. Ainsi le blocus continental, instauré par Napoléon pour empêcher l'accès de l'Europe à l'Angleterre, avait en fait abouti à couper la France de ses approvisionnements en sucre des Antilles.

– Mais cela a permis le développement de la culture de la betterave.

– Oui, dans un deuxième temps. On connaissait bien cette plante, originaire du Proche-Orient. Elle était cultivée au moins depuis le ve siècle avant notre ère. On extrayait le jus des racines pour en faire un « miel végétal », comme le sirop de caroube. Et on donnait les feuilles à manger au bétail. En 1747, un chimiste allemand, Andréas Sigismund Marggraf, fut le premier à obtenir du sucre de betterave cristallisé. Et, en 1802, c'est un physicien d'origine française nommé Achard qui construisit à la demande du roi de Prusse la première sucrerie à betterave, à Kürnen-sur-Oder, en Silésie. Mais c'est seulement en 1812 que le banquier Benjamin Delessert créa une fabrique de sucre de betterave vraiment performante, à Passy, où il avait déjà fondé une filature de coton dix ans plus tôt. A la suite de quoi il fut fait baron d'Empire par Napoléon.

– Et, par la suite, le sucre de betterave s'est montré un concurrent redoutable pour le sucre de canne.

– Dès 1890, il l'avait dépassé : 3 640 000 tonnes, contre 2 600 000 tonnes pour le sucre de canne. Normalement, grâce à sa teneur élevée en sucre, la canne n'aurait jamais dû être détrônée. Mais elle ne se trouvait pas dans un environnement scientifique et technique aussi favorable que la betterave, qui a été l'une des premières plantes à bénéficier de la sélection et de la recherche agronomique. La canne à sucre, au contraire, a souffert de l'abolition de l'esclavage et de la fin de la main-d'œuvre quasi gratuite.

Exporter et manger

– Peut-on évaluer la production mondiale des plantes alimentaires ?

– C'est difficile. Une fraction non négligeable de l'agriculture mondiale se situe hors de l'économie monétarisée. On connaît à peu près la production annuelle de céréales : 2 milliards de tonnes. Un chiffre intéressant : cela représente par habitant de la planète 330 kilos. Or nous savons qu'avec 200 kilos par an personne n'a faim. La production mondiale est donc plus que suffisante pour nourrir 6 milliards d'hommes. Explication : une grande partie de ces céréales sert à nourrir les animaux consommés dans le monde développé et par les milieux aisés des régions en développement. Dans les pays développés, 61 % des céréales non exportées servent à nourrir vaches, cochons et poulets, 16 % ont des usages industriels et seulement 23 % servent à l'alimentation humaine. Dans les pays en développement, ce sont 72 % des céréales disponibles qui vont à l'alimentation humaine ! La faim qui frappe aujourd'hui 800 millions de personnes, pour la plupart paysans pauvres et chômeurs des campagnes dans le tiers monde, n'est donc pas un problème technique de production mondiale insuffisante, mais une question politique et sociale.

– Est-il vraiment important, dans ces conditions, de poursuivre des recherches toujours plus sophistiquées sur des variétés déjà extrêmement productives, et cela pour des gains de rendement marginaux ?

– Je pense qu'il y a effectivement plus urgent. Dans le tiers monde, il existe des pays comme la Chine, l'Inde, l'Indonésie, l'Égypte et bien d'autres, qui pratiquent déjà une agriculture à hauts rendements, avec engrais et pesticides, en quantités importantes.

– Le tiers monde a-t-il connu aussi une « révolution verte » ?

– Quelques pays, dont ceux que je viens de citer. Mais, au cours des 30 dernières années, pendant que la production mondiale de céréales passait de 1,1 à 2 milliards de tonnes par an, celle du tiers monde augmentait de moins de 350 millions de tonnes. Les exportations occidentales de céréales sont donc passées de 2,2 millions de tonnes en 1970 à 12 millions de tonnes en cette fin de siècle, presque toutes absorbées par les pays en développement. C'est pourquoi l'objectif aujourd'hui devrait consister à mettre la recherche au service des pays les plus pauvres, des agricultures les moins favorisées et des paysans les plus démunis qui n'ont pas pu bénéficier de ces progrès.

– Il existe déjà des programmes d'aide.

– Oui, mais c'est très insuffisant : lorsqu'on transfère une technologie, il ne faut pas oublier les plantes correspondantes et les paysans qui les utilisent ! A quoi servent les engrais sans le matériel génétique capable de les absorber ? Mettez des engrais sur un mil non sélectionné : le résultat sera très décevant ! Et il faut même prendre garde à ne pas en mettre trop… Or les millets, le sorgho, le manioc, la banane plantain n'ont pas bénéficié des améliorations dont ont profité les grandes céréales. Le rendement moyen du blé, à l'échelle de la planète, est de 25 quintaux à l'hectare. Pour le riz, c'est 35 quintaux et 40 pour le maïs. Le sorgho ? 14 quintaux à l'hectare, et le millet 9 ! Ces plantes n'ont pas été l'objet de recherches comme les cultures d'exportation, tels le café ou le cacao. Et à quoi servent les nouvelles semences sophistiquées, si les paysans n'ont pas les moyens de les acheter ?

Les plantes orphelines

– Les recherches effectuées sur le riz ou le maïs ont profité aux pays du Sud.

– C'est vrai. Mais il s'agissait de « grandes » plantes destinées à de vastes zones. On ne s'est guère occupé de ce qui était cultivé dans les régions perdues ou difficiles. On a d'ailleurs appelé ces cultures « les plantes orphelines ». La recherche agronomique internationale a reconnu que ces plantes, généralement destinées à l'autoconsommation ou au commerce local, ont été négligées. L'urgence, aujourd'hui, consiste à travailler massivement à leur amélioration.

– Pensez-vous vraiment que cela soit possible si ça ne permet pas une rentabilisation de l'investissement ?

– Je suis convaincu que le monde du XXIe siècle aura besoin de ces plantes-là. Or, s'il n'y a plus de petits paysans pour en perpétuer l'existence, elles sortiront du paysage.

– Peut-être l'industrie agro-alimentaire trouvera-t-elle un jour le sorgho intéressant…

– Bien sûr, en cherchant à diversifier, à offrir des produits nouveaux. Mais il y a une autre bonne raison de s'occuper de ces plantes oubliées : chacun s'accorde aujourd'hui sur le fait qu'il est urgent d'améliorer la situation des paysans pauvres. Il va falloir faire un véritable effort pour qu'ils soient payés correctement quand ils vendent leurs produits sur le marché mondial. C'est la seule façon d'enrayer l'exode rural qui grossit des villes invivables, qui n'offrent ni emploi, ni logement. La misère paysanne se transforme en misère urbaine. Actuellement, on bidonvillise le monde en abandonnant les gens des campagnes qui ont faim. Il faut comprendre que les plantes orphelines, ce sont des hommes orphelins. L'histoire des plantes, c'est l'histoire des hommes.

CHAPITRE 2

La menace des déserts

Les déserts gagnent, parce que les pluies emportent les sols de terrains trop déboisés. Dans le tiers monde d'abord. Mais aussi dans les pays développés du pourtour méditerranéen. Même au Nord, on construit des villes et des routes sur les terres les plus fertiles.

Le vent nourricier

– Le Sahara a-t-il toujours été aride ?

– **Théodore Monod :** Non, bien sûr. Naguère, au néolithique, c'était encore une savane. Les gravures rupestres l'attestent, d'ailleurs : à l'ouest de l'Égypte, dans le désert libyque, j'ai vu quantité de gravures rupestres de girafes. Or il s'agit d'une zone où il ne tombe plus d'eau depuis longtemps.

– Il ne pleut plus jamais ?

– Très rarement. Il tombe parfois quelques gouttes, bien sûr : il n'existe pas d'endroit sur Terre où il ne pleuve absolument jamais... J'ai visité récemment un oued dans lequel il avait plu quelques mois plus tôt. Eh bien, j'ai pu y récolter des plantes, et apporter ainsi un complément à la flore du Gilf Kebir qui comptait déjà une quarantaine d'espèces. C'est pourtant un lieu terriblement sec : on peut parcourir plus de 100 kilomètres sans voir une seule plante vivante.

– Il y a donc des graines qui attendent là durant des années ?

– Certaines de ces graines attendaient effectivement depuis la dernière floraison, qui avait eu lieu des années auparavant. D'autres étaient venues avec le vent. Le vent, qui vient du nord, nourrit la Mer de sable, cette dune longue de 600 kilomètres. Je crois que le seul être vivant que l'on y voie – quand on regarde bien, car il est de la couleur du sable – est une mante aptère. Elle ne peut pas voler, seulement courir. De quoi se nourrit-elle ? Le cannibalisme n'est pas un procédé durable pour alimenter une espèce animale, il y a forcément autre chose. Pour moi, ces petits insectes se nourrissent des proies apportées par le vent. Celui-ci joue un très grand rôle dans le déplacement des graines, mais aussi des papillons et des libellules. J'ai trouvé un jour une libellule au centre du Tanezrouft, au Sahara. Or, chacun sait que les larves de libellules sont aquatiques... Elle était donc née dans une palmeraie du Sud algérien et avait parcouru des centaines de kilomètres portée par le vent.

Les stratégies de survie

– Comment les plantes du désert arrivent-elles à survivre dans un environnement aussi hostile ?

– Elles sont bien outillées, les plantes sahariennes ! On trouve deux grandes catégories : celle des plantes qui n'ont pas besoin de se défendre contre l'aridité, parce qu'elles attendent qu'il pleuve aussi longtemps qu'il le faut. Elles ne poussent que lorsque le sol est mouillé. Au centre des oueds, certaines peuvent alors atteindre jusqu'à 1 mètre de haut. Mais dès que l'on s'éloigne vers la rive, le sol étant moins humide, les plantes sont beaucoup plus petites. L'autre groupe, ce sont celles qui acceptent le combat. Elles luttent contre la chaleur et la sécheresse par toutes sortes de stratégies. On en voit qui n'ont même plus de tige : elles font leurs fleurs directement sur le plantule. Les unes abandonnent les feuilles, d'autres les rameaux. Il existe des graminées qui s'enroulent sur elles-mêmes pour mettre leurs stomates à l'abri de l'air extérieur. Toutes ces défenses sont très intéressantes, et montrent l'énergie de la vie. Si ces plantes sont là, dans le désert, c'est parce qu'elles sont devenues capables de résister à une aridité considérable. Bien sûr, certaines meurent. Même les acacias et les baobabs... Mais les baobabs sont sahéliens, ce ne sont pas des arbres du Sahara.

– Pour certains végétaux, le désert peut-il être considéré comme un refuge ?

– Oui, bien sûr. Certains ne sont connus que dans le désert ! Ils se sont adaptés. Mais, dans un environnement plus fertile, on peut penser que d'autres plantes prendraient le dessus et les évinceraient.

– Est-ce l'excès de population qui a transformé en déserts les savanes néolithiques ?

– Non. Les hommes ne disposaient pas des moyens de destruction qu'ils possèdent actuellement.

– Ils ont, il y a 10 000 ans, inventé l'agriculture, mais aussi l'élevage, un peu plus tard. La végétation aurait pu souffrir du surpâturage…

– Pas au néolithique ! Les premiers pasteurs et leurs troupeaux vivaient en harmonie avec la savane. Pour une fois, la destruction n'est pas d'origine humaine. C'est la modification du climat qui est responsable. Savez-vous que l'on trouve en Mauritanie des algues bleues fossilisées ?

La quête de la Monodiella

– Existe-t-il encore une flore à découvrir dans le désert ?

– On a trouvé des choses intéressantes en Australie, on en découvrira peut-être d'autres au Sahara occidental, mais il s'agit toujours de micro-organismes fossilisés. Actuellement, la flore des végétaux supérieurs du Sahara est bien connue. Pourtant, il y a une plante que je recherche depuis très longtemps.

– Laquelle ?

– Je l'ai découverte le 18 mars 1940. J'étais militaire au Tibesti. Je n'avais pas le droit d'entrer en Libye, mais j'y suis allé quand même. J'ai bien fait : j'y ai trouvé une plante qui a ensuite été décrite comme espèce, et même comme genre nouveau, par le botaniste René Maire.

– Comment s'appelle-t-elle ?

– *Monodiella flexiosa.* On n'en avait qu'un seul exemplaire et on l'a perdu. On croit qu'il est à Alger, mais on ne le retrouve pas dans les herbiers algériens. Alors on cherche partout.

– Vous n'êtes pas retourné là-bas, dans le sud de la Libye ?

– Si, en 1996. Je suis allé à l'endroit précis où j'avais trouvé la plante. En 1940, il y avait là une source abondante qui s'appelait Aïn Gongom. Elle jaillissait, comme c'est souvent le cas, à la limite de deux formations géologiques superposées : les schistes cristallins en dessous, et le grès ordovicien au-dessus. L'eau sortait donc de cet endroit en abondance et les nomades toubous y abreuvaient leurs chameaux. Quand nous sommes revenus en 1996, il n'y avait plus rien. La source était tarie. Il restait bien quelques vagues traces d'humidité, mais pas de *Monodiella*. Or, on a besoin d'un deuxième exemplaire : René Maire l'avait certes très bien décrite, seulement, aujourd'hui, il faudrait pouvoir compter les chromosomes…

– Reste-t-il un espoir d'en trouver une ailleurs ?

– Au Tassili, près de l'oued Mihero. Une région intéressante : il s'agit du dernier endroit où l'on a vu un crocodile saharien vivant. En 1924, semble-t-il. Au Sahel, il y en a encore – au Tchad, en Mauritanie… –, mais au Sahara, c'est fini. Pourtant, il y en a eu beaucoup : on retrouve des hameçons découpés dans des plaques dorsales de crocodile au nord de Tombouctou… Je suis allé au Tassili récemment, mais seulement dans la partie supérieure de l'oued Mihero. J'y ai trouvé trois gentianacées, mais pas celle qui m'intéresse.

– La Monodiella *est une gentianacée ?*

– La *Monodiella* est une plante évasive… Nous n'en possédons plus qu'un débris. Sans fleur ni graine. Or il nous faudrait des graines pour pouvoir la cultiver et permettre aux spécialistes de travailler dessus. Nous allons chercher encore…

– Combien recense-t-on d'espèces végétales dans tout le Sahara ?

– 800. Et 4 000 en France.

– 800 espèces de plantes dans un désert, même immense, c'est beaucoup.

– C'est comme ça. Il tombe tout de même un petit peu d'eau de temps en temps.

– La végétation doit faire vite afin de pouvoir en profiter, lorsqu'il ne pleut peut-être que tous les 10 ou 20 ans !

– Oui. Ça peut effectivement être très rapide. Un botaniste danois, le professeur Hagerup, qui a étudié la pollinisation à Tombouctou, a vu un *Boerhavia repens* – une petite plante – germer, grandir, fleurir, donner des graines en 8 jours. Et elle est morte. Elle avait fait ce qu'elle avait à faire. Elle savait qu'il allait pleuvoir l'année suivante : Tombouctou, c'est le Sahel, pas le Sahara, et il y pleut tous les ans. Huit jours pour se perpétuer, un an à attendre, et ça recommence. Les *Boerhavia repens* sont sauvés.

Le respect de la vie

– *L'espèce humaine a-t-elle vraiment besoin de* Monodiella flexiosa *et de* Boerhavia repens *? Certains futurologues assurent que nous pourrions nous passer d'une grande partie de la nature…*

– On aura toujours besoin de forêts pour le bois. Mais, plus généralement, la nature… c'est la vie ! Et nous devons respecter la vie. « Cette notion pourrait même devenir la base d'une morale nouvelle », pensait Albert Schweitzer. Il ne disait pas « respect », parce qu'il pensait en allemand, mais *« Ehrfurcht für dem Leben »*. Ce que l'on pourrait traduire par « révérence devant la vie », le mot respect ayant perdu tout sens depuis que l'on nous demande de « respecter » les feux rouges et les passages cloutés…

– *Pourtant, la vie animale ne peut exister qu'en se nourrissant de la vie végétale. Nous sommes condamnés à la prédation.*

– C'est vrai, nous n'avons pas le choix. Mais nous ne sommes pas forcés de manger des vertébrés. On pourrait s'en passer. Quant à nos cultures, elles servent en grande partie à nourrir les cochons et les bovidés…

– *Sous les tropiques, des centaines d'espèces végétales disparaissent chaque jour dans les incendies volontaires avant même d'avoir été recensées…*

– Ces incendies sont absurdes, criminels. On ne sait pas quel matériel contiennent les plantes qui partent en fumée. Des médicaments peut-être… Partout dans le monde, la forêt recule. Même la forêt tempérée : entretenue comme un jardin public, elle n'a plus grand-chose de sauvage. Sauf la taïga. Mais celle-ci possède un nombre d'espèces limitées, alors que la forêt équatoriale qui se consume est riche comme la mer. Elle est d'ailleurs, comme la mer, divisée en strates superposées. La plus vivante, c'est la canopée, au sommet, que l'on explore maintenant avec des radeaux pneumatiques suspendus sous des montgolfières. C'est là-haut que se trouvent les fleurs. Il y a même des sols qui se constituent dans les fourches des branches, à 45 mètres de hauteur, et des animaux y vivent, perchés, au soleil.

Le syndrome du lemming

– La croissance continue de la population humaine constitue-t-elle vraiment une menace grave pour la végétation du globe ?

– Quand les lemmings, petits rongeurs de Scandinavie, pullulent à l'excès, ils entament une migration qui les conduit parfois jusqu'à la mer dans laquelle ils se jettent. C'est incroyable, cette espèce de pulsion… Tant qu'ils trouvent assez d'aliments, ils se reproduisent frénétiquement. Ensuite, ils sont bien trop nombreux et la nourriture vient inévitablement à manquer. Ils se mettent alors en route vers la mort.

– L'individu ne compte pas, seule importe l'espèce qui se régule…

– Oui… J'ai du mal à imaginer un « individu » lemming ! De toute façon, ça ne changerait pas grand-chose.

– *Et l'homme n'est pas un rongeur.*

– Non, c'est un primate. On pouvait penser qu'il s'hominiserait, qu'il accepterait de sortir de sa barbarie… Eh bien, non : il continue à aimer la guerre et la violence. Tant pis pour lui ! Cela risque de mal finir.

CHAPITRE 3

Les plantes au XXIe siècle

Le botaniste et l'agronome se sont retrouvés avec le vieux voyageur du désert parmi les livres, les fossiles, les ossements, les pierres étranges et les plantes séchées rapportées du dernier voyage, pour parler de demain. Entre urbanisation et désertification, disparitions d'espèces et manipulations génétiques, l'avenir du monde végétal peut sembler sombre. Mais la nature a des ressources. Heureusement : car la vie des plantes est aussi la nôtre.

Disparitions et naissances

– De l'algue bleue au maïs transgénique, nous venons de parcourir l'histoire aventureuse du monde végétal. En prolongeant les tendances actuelles, peut-on deviner ce qu'il adviendra des plantes au cours du siècle à venir ?

– **Théodore Monod :** Je me demande parfois si toutes les espèces vivantes, hommes compris, ne sont pas, comme les individus, faites pour exister durant une période limitée. Elles auraient droit, si je puis dire, à un nombre d'années déterminé…

– Comme les dinosaures ?

– Théodore Monod : Oui. Quand ils ont eu fini leur temps, ils sont partis. Il y a eu aussi de grandes extinctions de plantes. Durant le permien, par exemple, à la fin de l'ère primaire.

– Il s'agissait tout de même de périodes assez rares dans l'histoire, et qui ont pris des allures de catastrophes inattendues. Mais aujourd'hui, quelle est la situation ?

– Jean-Marie Pelt : Pour ce qui est du monde sauvage, il faut savoir que les disparitions sont beaucoup plus rapides que les apparitions d'espèces nouvelles.

– De nouvelles plantes naissent encore aujourd'hui ?

– Jean-Marie Pelt : Sans doute, mais il n'y a que très peu de cas recensés. Le mieux étudié est celui de la « spartine de Townsend », une graminée qui pousse dans les marécages salés. Elle s'est imposée sur le littoral atlantique au début de ce siècle. Née d'une hybridation spontanée entre deux autres espèces, avec doublement du nombre de chromosomes, elle s'est révélée beaucoup plus compétitive que ses « parents » et a très vite conquis sa place au soleil. On parle toujours d'elle parce que l'on connaît bien son histoire. Mais il existe sûrement des apparitions que nous n'avons pas encore repérées.

– Elles ne sont pas assez nombreuses en tout cas pour modifier les paysages.

– Jean-Marie Pelt : Pour cela il faudrait des milliers d'espèces, des centaines de millions d'années… Ou un changement climatique important. Il se produirait alors une nouvelle répartition des zones de végétation. Mais c'est peut-être ce qui se prépare, puisqu'on nous dit tous les ans que cette année a été plus chaude que la précédente…

– Est-ce vraiment significatif ? Les cycles climatiques se mesurent en siècles, en millénaires même.

– **Marcel Mazoyer :** Sur 100 ans, on constate quand même une nette augmentation des températures.

– **Jean-Marie Pelt :** D'ailleurs, c'est facile à comprendre : le pétrole, le gaz et le charbon ont mis plus de 100 millions d'années pour se constituer. C'est le résultat de l'activité des plantes, qui ont accumulé du gaz carbonique par la photosynthèse, et de la géologie, qui a permis de stocker cette matière sous forme fossile. Actuellement, nous sommes en train de libérer tout ce gaz dans l'atmosphère en trois ou quatre siècles ! Un temps extrêmement bref.

– **Marcel Mazoyer :** Nous revenons à la situation du début du carbonifère !

– Cela signifie-t-il que l'on va vers l'un de ces bouleversements qui entraîne une réduction drastique du nombre d'espèces ?

– **Jean-Marie Pelt :** Deux phénomènes jouent simultanément : l'action humaine, très intense, et le réchauffement climatique. Une seule chose est certaine : aujourd'hui les disparitions d'espèces l'emportent sur les nouvelles apparitions. Le bilan est nettement négatif. Et ce n'est vraiment pas ce que l'on souhaite, puisque l'on veut conserver la biodiversité. Pourtant, on va continuer à perdre des quantités d'espèces, parce que le processus de disparition n'est pas bloqué.

– Au moins, on commence à en parler.

– **Jean-Marie Pelt :** Oui, c'est important : il y a une prise de conscience.

Champs contre forêt

– **Marcel Mazoyer :** Et il ne faut pas dramatiser : la forêt recouvre actuellement 26 % des terres émergées. Cela représente 14 millions de km^2 dans les pays développés, et 17 millions dans le tiers monde. Il faut ajouter à cela 16 millions de km^2 de terres plus ou moins boisées. Une situation qui ne serait donc pas catastrophique si la forêt ne reculait pas, dans les pays en développement, de 150 000 km^2 par an, selon les chiffres de la FAO, soit plus de 3 fois et demie la superficie de la Suisse !

– Ce phénomène risque-t-il d'accélérer la désertification ?

– **Théodore Monod :** Les déserts sont le produit de la circulation des masses d'air autour de la planète. Mais il est clair que l'homme vient souvent aggraver la situation en défrichant de manière inconsidérée, ou en faisant pâturer trop d'animaux sur un territoire fragile. C'est le cas du Sahel : il y a déjà un excès de bétail. Et d'hommes. Pourtant, le Sahel n'est pas un désert : il y pleut tous les ans. Mais, sous l'action conjuguée des fusils et du surpâturage, il ne restera plus un jour dans ces pays que des mouches et quelques lézards ! Ce n'est plus le problème du Sahara où vit de moins en moins de monde…

– Et les plantes cultivées ? Quel est leur avenir proche ?

– **Marcel Mazoyer :** Il est clair que la superficie cultivée, qui avoisine aujourd'hui 14,5 millions de km ^{2}, va encore s'étendre de manière significative. On considère qu'il existe une réserve théorique de terres cultivables de 18 millions de km ^{2}, situées principalement en Afrique et en Amérique latine. Mais ce chiffre inclut parcs, forêts, etc. En fait, on peut certainement gagner 30 % de terres supplémentaires pour l'agriculture.

– **Jean-Marie Pelt :** Vous êtes sûr ? Je pensais au contraire qu'il y avait un recul des surfaces cultivées.

– **Marcel Mazoyer :** En Europe, oui, parce que l'agriculture a tendance à se limiter de plus en plus aux terres les plus fertiles et les plus faciles à cultiver mécaniquement. Depuis un siècle, on a abandonné des dizaines de millions d'hectares, qui sont devenus des friches boisées ou des plantations forestières. Mais au nord du Canada et de la Russie, ainsi que dans le tiers monde, la situation est inverse : l'augmentation de la production se fait aussi par la conquête de terres sur la forêt, la savane ou les marécages.

– Est-ce qu'il s'agit de modifications durables ?

– **Marcel Mazoyer :** Dans les cas des rizières africaines et malgaches, oui. Mais beaucoup de cultures sur brûlis, dans les forêts tropicales, laissent place à une savane.

Pour quelques dollars de plus

– L'exode rural et l'extension des villes entraînent aussi la disparition de champs et de bois. Mais ne peut-

on imaginer qu'en concentrant les hommes dans les villes on laisse un peu plus d'espace aux plantes ?

– **Jean-Marie Pelt :** Oui, l'urbanisation va continuer et on peut imaginer que des zones peu entretenues deviendront sub-sauvages. Mais ce n'est pas vrai dans tous les pays.

– **Marcel Mazoyer :** Et il faut bien voir que la dépopulation des campagnes peut aussi avoir l'effet inverse et provoquer une régression accélérée des espaces sauvages, au profit d'espaces cultivés de manière expéditive et standardisée. C'était la tendance de ce siècle, dans les pays développés. Pourtant, il est clair que ça ne peut fonctionner éternellement. La concurrence comme loi unique peut avoir des effets destructeurs irréversibles.

– **Jean-Marie Pelt :** Absolument ! Une société basée très largement sur l'argent, comme nous l'impose l'ultra-libéralisme actuel, ne me paraît pas devoir être une forme durable d'organisation des sociétés. Un moment risque d'arriver où le système s'effondrera, brutalement, comme l'a fait le communisme.

– **Marcel Mazoyer :** Il y a trop d'aberrations, comme l'Amazonie et ses immenses richesses botaniques que l'on fait flamber pour fabriquer des hectares de pampa qui nourrissent à peine une vache tous les 3 hectares ! C'est nul ! Quant aux organismes génétiquement modifiés que l'on essaie d'imposer, ce sont de nouvelles plantes productives, certes, mais qui peuvent aussi être dangereuses : ce qu'elles auront permis de gagner ici et maintenant, d'autres le paieront ailleurs, demain.

– Quelle est la solution ?

– **Marcel Mazoyer :** Créer des organismes internationaux d'évaluation et de contrôle, totalement indépendants.

– *La méfiance du public face à ces plantes dont on a manipulé le patrimoine génétique n'est-elle pas un peu irrationnelle ?*

– **Marcel Mazoyer :** Lorsqu'ils s'inquiètent de voir des scientifiques essayer de reconstruire les formes de la vie à leur idée, les gens, qu'ils croient en Dieu ou non, réagissent par respect de la création, par considération pour ce que 3 milliards d'années d'évolution ont produit depuis les algues bleues. Pourquoi ont-ils confiance dans cet héritage ? Parce qu'il est le produit de multiples essais, de multiples erreurs, d'une fantastique sélection, et que ça marche. Ils savent bien qu'il y a eu des ratés, des maladies génétiques, etc. Mais le public n'est pas convaincu que des manipulateurs pressés vont trouver mieux. Cette espèce de foi dans la nature que moquent certains du haut de leurs certitudes arrogantes, ce n'est que du bon sens : le respect de la vie.

La nature des plantes

– *C'est vrai que le public réagit fortement aux manipulations génétiques effectuées sur les plantes alimentaires, mais beaucoup moins au sujet de celles que l'on réalise sur des êtres vivants, végétaux, animaux, ou bactéries, afin de produire de nouveaux médicaments.*

– **Marcel Mazoyer :** Parce que les aliments existent ! On n'a pas besoin, pour survivre, d'introduire des gènes étrangers dans les plantes que nous consommons, de remplacer un bien par un risque. Alors que, dans le cas de la médecine, c'est le contraire : on cherche à combattre un mal. Les médicaments ont toujours été des poisons !

– Et, symboliquement, nous sommes ce que nous mangeons. Si je mange du lion, je suis fort comme un lion ; si je suis végétarien, je suis pacifique ; si je mange des plantes manipulées, je suis manipulé…

– **Marcel Mazoyer :** Or, nous vivons de plantes ! Nous vivons de leur vie ! Quand les gens ne veulent pas qu'avec cette vie on fasse n'importe quoi, c'est leur droit imprescriptible. Et s'ils ne veulent pas consommer de soja transgénique, personne n'a le droit de les y obliger en cachant le contenu du produit qu'on leur vend. Les hindous ne consomment pas de viande, les juifs ou les musulmans pas de porc… Et les Danois pas de maquereaux, parce que ces poissons mangent les cadavres des marins noyés ! Eh bien, c'est leur droit à tous ! Chacun doit être respecté.

– Certains biologistes posent une question provocatrice : avons-nous vraiment besoin de la nature sauvage ?

– **Théodore Monod :** Cela paraît absurde : il faut aimer le monde végétal ! Heureusement, le faire disparaître ne serait pas facile. Faire disparaître la nature constituerait même une tâche impossible.

– **Jean-Marie Pelt :** Oui, je crois que c'est largement utopique.

– On trouve aujourd'hui sur les marchés des tomates venues du Nord, qui ont poussé sur des substrats de laine de verre, sous des tunnels en plastique chauffés au fuel et qui ont été nourries exclusivement d'engrais chimiques.

– **Jean-Marie Pelt :** Oui, elles sont aux vraies tomates ce que pendant la guerre la chicorée était au café.

– Mais on peut se nourrir de ce genre de légumes. En fait, nous avons seulement besoin des plantes sauvages pour assurer la production d'oxygène.

– **Jean-Marie Pelt :** On pourrait se passer de ça aussi : les végétaux en ont constitué un stock si considérable que, s'ils disparaissaient tous demain, nous ne suffoquerions pas après-demain. En revanche, l'effet de serre serait tel que nous serions morts grillés bien avant de manquer d'oxygène... Non, on ne peut pas réduire trop la place de la nature sauvage sans prendre un risque colossal. La biodiversité est indispensable à la vie.

– La plupart des animaux sauvages ont pourtant disparu, ou, ce qui revient presque au même, vivent dans des réserves qui ne sont rien d'autre que des conservatoires de gènes...

– **Jean-Marie Pelt :** Ce terrible processus de simplification constituerait une perte considérable pour l'imaginaire.

– **Théodore Monod :** Il faudrait aussi détruire la flore aquatique ! Non, je ne suis pas inquiet : les plantes ont la vie dure. Je continue à trouver dans le désert des espèces qu'on ne savait pas pouvoir vivre là.

L'agriculture de l'avenir

– **Marcel Mazoyer :** Et tout n'est pas négatif dans les évolutions actuelles ! A côté de la mécanisation et de la monoculture intensive qui a caractérisé le XXe siècle, un nouveau modèle d'agriculture, plein d'avenir, est en train de s'inventer dans des zones où la densité de population est très élevée et la mécanisation peu développée. On le trouve dans les deltas d'Asie, certains secteurs de la vallée du Nil, et dans une moindre mesure en Haïti et en Afrique, dans la région des Grands Lacs.

– En quoi cela consiste-t-il ?

– **Marcel Mazoyer :** Il s'agit d'écosystèmes très complexes, avec plusieurs étages, qui ressemblent à ce qui existe dans les oasis... On y trouve, par exemple, des palmiers à sucre sous lesquels poussent des arbres fruitiers ; plus bas, des légumes, cultivés sur le remblai de terre entourant la rizière... On y associe même parfois l'élevage de crevettes ! Le système produit beaucoup de biomasse, de fertilité, il fonctionne un peu comme une forêt. Ces écosystèmes cultivés sont très différents les uns des autres, mais ils fournissent une alimentation de qualité, diversifiée, et emploient beaucoup de main-d'œuvre.

– Et vous pensez vraiment que ce peut être le modèle agricole de l'avenir ?

– **Marcel Mazoyer :** Si l'on prolonge les tendances du XXe siècle, on aboutit à une impasse. Les hommes et les plantes doivent donc inventer une nouvelle manière de vivre ensemble. C'est pourquoi je suis convaincu que l'agriculture de l'avenir sera une synthèse des moyens modernes que nous utilisons déjà, et de ceux qui sont en train de s'inventer et de prendre rapidement de l'ampleur dans les pays les plus peuplés du monde.

– Ce qui protégera la nature, c'est aussi le formidable marché qu'elle peut induire.

– **Jean-Marie Pelt :** Peut-être. En cette fin de millénaire, on trouve d'ailleurs deux pôles marquants : les technologies de pointe et la nature. La question est : comment réaliser la synergie ?

– **Théodore Monod :** Ce serait bien, aussi, de voir naître plus d'espèces nouvelles. Mais surtout, il faudrait que l'on respecte toutes celles qui sont là. Chez moi, au Sahara occidental, il y a une région immense : 1 000 kilomètres de long sur 500 de large, dans laquelle on ne rencontre que 7 plantes à fleurs, moins qu'au nord du Groenland ! Ces plantes sont précieuses, il faut les aimer.

– **Jean-Marie Pelt :** Je suis confiant : la vie a plus d'un tour dans son sac. Regardez, dans les pays développés, la formidable remontée de l'activité de jardinage. C'est un fait culturel très important. Il existe même des jardins thérapeutiques dans certains hôpitaux psychiatriques : le besoin de nature est si grand pour l'homme qu'un jardin peut l'aider à se soigner. Et la manière dont les enfants sont spontanément attirés par la nature montre que c'est inscrit dans leurs gènes. L'existence des plantes et celle des hommes sont deux aspects d'une seule et même chose : la vie.

Collection dirigée par Dominique Simonnet

DANS LA MÊME COLLECTION

La Plus Belle Histoire du monde
(Les Secrets de nos origines)
Yves Coppens, Joël de Rosnay, Hubert Reeves,
Dominique Simonnet
Seuil, 1996
et « Points », n° P897

La Plus Belle Histoire de Dieu
(Qui est le Dieu de la Bible ?)
Jean Bottéro, Marc-Alain Ouaknin, Joseph Moingt
Seuil, 1997
et « Points », n° P684

La Plus Belle Histoire de l'homme
(Comment la Terre devint humaine)
Jean Clottes, Jean Guilaine, André Langaney
et Dominique Simonnet
Seuil, 1998
et « Points », n° P779

La Plus Belle Histoire des animaux
Pascal Picq, Jean-Pierre Digard, Boris Cyrulnik
et Karine Lou-Matignon
Seuil, 2000
et « Points », n° P997

La Plus Belle Histoire de la Terre
André Brahic, Paul Tapponnier, Lester R. Brown
et Jacques Girardon
Seuil, 2001
et « Points », n° P998

La Plus Belle Histoire de l'amour
Dominique Simonnet et Jean Courtin, Paul Veyne,
Jacques Le Goff, Jacques Solé, Mona Ozouf,
Alain Corbin, Anne-Marie Sohn,
Pascal Bruckner, et Alice Ferney
Seuil, 2003

La Plus Belle Histoire du bonheur
André Comte-Sponville, Jean Delumeau et Arlette Farge
Seuil, 2004

DU MÊME AUTEUR

Ouvrages de Jean-Marie Pelt

Les Médicaments
Seuil, « Le Rayon de la science », 1969

Les Plantes : amours et civilisations végétales
Fayard, 1980

La Médecine par les plantes
Fayard, 1981

La Prodigieuse Aventure des plantes
(en collaboration avec Jean-Pierre Cuny)
Fayard, 1981

Drogues et Plantes magiques
Fayard, 1983

La Vie sociale des plantes
Fayard, 1984

Mes plus belles histoires de plantes
Fayard, 1986
et « Le Livre de poche », n° 30135

Le Piéton de Metz
Serpenois/Presses universitaires de Nancy
1988

Fleurs, Fêtes et Saisons
Fayard, 1988

L'Homme re-naturé
Seuil, « Points Sciences », 1990

Le Tour du monde d'un écologiste
Fayard, 1990
« Le livre de poche », n° 7379

Au fond de mon jardin
Fayard, 1992

Des légumes
Fayard, 1993
« Le Livre de poche », n° 30136
« Jai Lu », n° 7217

Le Monde des plantes
Seuil, « Petit Point », 1993

Une leçon de nature
L'esprit du temps, « Contrastes », 1993

Des fruits
Fayard, 1994
« Jai Lu », n° 7169

Dieu de l'Univers : science et foi
Fayard, 1995

De l'Univers à l'être
Réflexions sur l'évolution
Fayard, 1996
« Le Livre de poche », n° 14349

Les Langages secrets de la nature
Fayard, 1996
« Le Livre de poche », n° 14435

Plantes en péril
Fayard, 1997
« Le Livre de poche », n° 14720

Le Jardin de l'âme
Fayard, 1998

Plantes et Aliments transgéniques
Fayard, 1998
« Pocket » n° 10902

La Cannelle et le Panda
Fayard, 1999

La Terre en héritage
Fayard, 2000
« Le Livre de poche », n° 15360

La vie est mon jardin
Alice, 2000

À l'écoute des arbres
Albin Michel, 2000

Les Nouveaux Remèdes naturels
Fayard, 2001
« Marabout » n°2869

Variations sur les fêtes et saisons
Le Pommier, 2001

Les Épices
Fayard, 2002

L'Avenir droit dans les yeux
(entretien avec Martine Leca)
Fayard, 2003
« Le Livre de poche », n° 30393

La loi de la jungle
L'agressivité chez les plantes, les animaux, les humains
Fayard, 2004
Le « Livre de poche », n° 30525

Dieu en son jardin
(entretiens avec Rachel et Alphonse Goettmann)
Desclée de Brouwer, 2004

La Solidarité
Chez les plantes, les animaux, les humains
Fayard, 2004
Le « Livre de poche », n° 30597

Les vertus des plantes
Chêne, 2004

Nouveau Tour du monde d'un écologiste
Fayard, 2005

Ces plantes que l'on mange
Chêne, 2006

C'est vert et ça marche!
Fayard, 2007

Ouvrages de Marcel Mazoyer

Développement et Socialismes
(avec René Dumont)
Seuil, 1969

Le Point critique
(avec Charles Morazé et all.)
P.U.F, 1986

La Société médiévale
(avec Agnès Gerhards)
MA éditions, 1986

Histoire des agricultures du monde
Du néolithique à la crise contemporaine
(en coll. avec Laurence Roudart)
Seuil, 1997
et « Points Histoire », n° H307

Les Débuts de l'agriculture
Le Pommier, 2005

DIRECTION D'OUVRAGES

Larousse agricole
Le monde paysan au XXIe siècle
Larousse, 2002

Ouvrages de Théodore Monod

Méharées, explorations au vrai Sahara
Je sers, 1937
rééd. Actes Sud, 1989
et « Babel », n° 102
« J'ai Lu », n° 4868

Bathyfolages, plongées profondes

Julliard, 1954
rééd. Actes Sud, 1991
« J'ai Lu », n° 5565

Les Déserts

Horizons de France, 1973

De Tripoli à Tombouctou :
Le dernier voyage de Laing, 1825-26

Geuthner, 1977
Rééd. Société française d'histoire d'outre-mer, 1978

L'Émeraude des Garamantes :
Souvenirs d'un Saharien

L'Harmattan, 1984
rééd. Actes Sud, 1992
et « Babel » n° 391
« J'ai Lu », n° 5838

Sahara, désert magnifique

(avec Jean-Marc Durou)
AGEP, 1986

Désert lybique, notes de voyage

Actes Sud, 1989

Mémoires d'un naturaliste voyageur

(avec Jean-Marc Durou et Isabelle Jarry)
Agep, 1990

Sortie de secours

Seghers, 1991

Le Fer de Dieu : histoire de la météorite de Chinguetti

Actes Sud, 1992

Vie et Mort au Désert

Seuil, 1993

L'Hippopotame et le Philosophe

Actes Sud, 1993
et « Babel », n° 632

Ballade de mes heures africaines
Babel éditeur, 1993

Maxence au désert :
Souvenirs de Mauritanie
Actes Sud, 1995
et « Babel », n° 478

Dieux d'Afrique
La Revue noire, 1995

Majâbât al-Koubrâ
Actes Sud, 1996

Botanique au pays de l'encens
(avec José-Marie Bel)
Solibel, 1996

Le Chercheur d'absolu
Le Cherche-midi, 1997
Gallimard, « Folio », n° 3120

Les Carnets de Théodore Monod
Le Pré-aux-clercs, 1997
« Pocket », n° 10441

Pèlerin du désert
La Table ronde, 1999

Révérence à la vie :
conversation avec Jean-Philippe de Tonnac
Grasset, 2000
« Le Livre de poche », n° 15214

Enfants de la Terre :
l'intégralité des entretiens d'Edmond Blattchen
Alice éditeur, 2000

Et si l'aventure humaine devait échouer
Grasset, 2000
« Le Livre de poche », n° 15215

Zerzura, l'oasis légendaire du désert libyque
Vents de sable éditeur, 2000

Terre et ciel : entretiens avec Sylvain Estibal
Actes Sud, 2000
et « Babel », n° 364

Paix à la petite souris
Desclée de Brouwer, 2001

Tais-toi et marche…
Journal d'exploration décembre 1953-janvier 1954
Actes Sud, 2002

La Mort de la Baleine rouge
Desclée de Brouwer, 2004

L'hippopotame et le philosophe
(illustré par l'auteur)
Léméac, 2004
et « Babel », n° 632

Dictionnaire humaniste et pacifiste :
thèmes et valeurs d'un penseur du XXe siècle
essai
Le Cherche-Midi, 2004
et « J'ai Lu », 2007, n° 8231

Désert
Vilo, 2006

Ouvrages de Jacques Girardon

Quand la ville dort mal
Stock, 1980

Aventures sans gravité
Une histoire de la conquête spatiale
(série radiophonique)
Radio France, 1986, 1990, 1992, 1994

La Plus Belle Histoire de la Terre
(en collab. avec A. Brahic, P. Paponnier, L. Brown)
Seuil, 2001
et « Points », n° P998

COMPOSITION : PAO EDITIONS DU SEUIL

GROUPE CPI

Achevé d'imprimer en septembre 2007
par **BUSSIÈRE**
à Saint-Amand-Montrond (Cher)
N° d'édition : 55080-2. - N° d'impression : 71532.
Dépôt légal : mai 2002.
Imprimé en France

Collection Points

DERNIERS TITRES PARUS

P1591. Parfois je ris tout seul, *Jean-Paul Dubois*
P1592. Sang impur, *Hugo Hamilton*
P1593. Le Musée de la sirène, *Cypora Petitjean-Cerf*
P1594. Histoire de la gauche caviar, *Laurent Joffrin*
P1595. Les Enfants de chœur (Little Children), *Tom Perrotta*
P1596. Les Femmes politiques, *Laure Adler*
P1597. La Preuve par le sang, *Jonathan Kellerman*
P1598. La Femme en vert, *Arnaldur Indridason*
P1599. Le Che s'est suicidé, *Petros Markaris*
P1600. Les Nouvelles Enquêtes du juge Ti, vol. 3
Le Palais des courtisanes, *Frédéric Lenormand*
P1601. Trahie, *Karin Alvtegen*
P1602. Les Requins de Trieste, *Veit Heinichen*
P1603. Pour adultes seulement, *Philip Le Roy*
P1604. Offre publique d'assassinat, *Stephen W. Frey*
P1605. L'Heure du châtiment, *Eileen Dreyer*
P1606. Aden, *Anne-Marie Garat*
P1607. Histoire secrète du Mossad, *Gordon Thomas*
P1608. La Guerre du paradis. Le Chant d'Albion I
Stephen Lawhead
P1609. La Terre des Morts. Les Enfants de l'Atlantide IV
Bernard Simonay
P1610. Thenser. Aradia II, *Tanith Lee*
P1611. Le Petit Livre des gros câlins, *Kathleen Keating*
P1612. Un soir de décembre, *Delphine de Vigan*
P1613. L'Amour foudre, *Henri Gougaud*
P1614. Chaque jour est un adieu
suivi de Un jeune homme est passé
Alain Rémond
P1615. Clair-obscur, *Jean Cocteau*
P1616. Chihuahua, zébu et Cie.
L'étonnante histoire des noms d'animaux
Henriette Walter et Pierre Avenas
P1617. Les Chaussettes de l'archiduchesse et autres défis
de la prononciation
Julos Beaucarne et Pierre Jaskarzec
P1618. My rendez-vous with a femme fatale.
Les mots français dans les langues étrangères
Franck Resplandy
P1619. Seulement l'amour, *Philippe Ségur*
P1620. La Jeune Fille et la Mère, *Leïla Marouane*

P1621. L'Increvable Monsieur Schneck, *Colombe Schneck*
P1622. Les Douze Abbés de Challant, *Laura Mancinelli*
P1623. Un monde vacillant, *Cynthia Ozick*
P1624. Les Jouets vivants, *Jean-Yves Cendrey*
P1625. Le Livre noir de la condition des femmes
Christine Ockrent (dir.)
P1626. Comme deux frères, *Jean-François Kahn et Axel Kahn*
P1627. Equador, *Miguel Sousa Tavares*
P1628. Du côté où se lève le soleil, *Anne-Sophie Jacouty*
P1629. L'Affaire Hamilton, *Michelle De Kretser*
P1630. Une passion indienne, *Javier Moro*
P1631. La Cité des amants perdus, *Nadeem Aslam*
P1632. Rumeurs de haine, *Taslima Nasreen*
P1633. Le Chromosome de Calcutta, *Amitav Ghosh*
P1634. Show business, *Shashi Tharoor*
P1635. La Fille de l'arnaqueur, *Ed Dee*
P1636. En plein vol, *Jan Burke*
P1637. Retour à la Grande Ombre, *Hakan Nesser*
P1638. Wren. Les Descendants de Merlin I, *Irene Radford*
P1639. Petit manuel de savoir-vivre à l'usage des enseignants
Boris Seguin, Frédéric Teillard
P1640. Les Voleurs d'écritures *suivi de* Les Tireurs d'étoiles
Azouz Begag
P1641. L'Empreinte des dieux. Le Cycle de Mithra I
Rachel Tanner
P1642. Enchantement, *Orson Scott Card*
P1643. Les Fantômes d'Ombria, *Patricia A. McKillip*
P1644. La Main d'argent. Le Chant d'Albion II
Stephen Lawhead
P1645. La Quête de Nifft-le-mince, *Michael Shea*
P1646. La Forêt d'Iscambe, *Christian Charrière*
P1647. La Mort du Nécromant, *Martha Wells*
P1648. Si la gauche savait, *Michel Rocard*
P1649. Misère de la Ve République, *Bastien François*
P1650. Photographies de personnalités politiques
Raymond Depardon
P1651. Poèmes païens de Alberto Caeiro et Ricardo Reis
Fernando Pessoa
P1652. La Rose de personne, *Paul Celan*
P1653. Caisse claire, poèmes 1990-1997, *Antoine Emaz*
P1654. La Bibliothèque du géographe, *Jon Fasman*
P1655. Parloir, *Christian Giudicelli*
P1656. Poils de Cairote, *Paul Fournel*
P1657. Palimpseste, *Gore Vidal*
P1658. L'Épouse hollandaise, *Eric McCormack*

P1659. Ménage à quatre, *Manuel Vázquez Montalbán*
P1660. Milenio, *Manuel Vázquez Montalbán*
P1661. Le Meilleur de nos fils, *Donna Leon*
P1662. Adios Hemingway, *Leonardo Padura*
P1663. L'avenir c'est du passé, *Lucas Fournier*
P1664. Le Dehors et le dedans, *Nicolas Bouvier*
P1665. Partition rouge
poèmes et chants des indiens d'Amérique du Nord
Jacques Roubaud, Florence Delay
P1666. Un désir fou de danser, *Elie Wiesel*
P1667. Lenz, *Georg Büchner*
P1668. Resmiranda. Les Descendants de Merlin II, *Irene Radford*
P1669. Le Glaive de Mithra. Le Cycle de Mithra II, *Rachel Tanner*
P1670. Phénix vert.Trilogie du Latium I, *Thomas B. Swann*
P1671. Essences et parfums, *Anny Duperey*
P1672. Naissances, *Collectif*
P1673. L'Évangile une parole invincible, *Guy Gilbert*
P1674. L'époux divin, *Francisco Goldman*
P1675. Petit dictionnaire des étymologies curieuses
Pierre Larousse
P1676. Facéties et Cocasseries du français, *Jean-Loup Chiflet*
P1677. Les carottes sont jetées.
Quand les expressions perdent la boule
Olivier Marchon
P1678. Le Retour du professeur de danse, *Henning Mankell*
P1679. Romanzo Criminale, *Giancarlo de Cataldo*
P1680. Ciel de sang, *Steve Hamilton*
P1681. Ultime Témoin, *Jilliane Hoffman*
P1682. Los Angeles, *Peter Moore Smith*
P1683. Encore une journée pourrie
ou 365 bonnes raisons de rester couché, *Pierre Enckell*
P1684. Chroniques de la haine ordinaire 2, *Pierre Desproges*
P1685. Desproges, portrait, *Marie-Ange Guillaume*
P1686. Les Amuse-Bush, *Collectif*
P1687. Mon valet et moi, *Hervé Guibert*
P1688. T'es pas mort !, *Antonio Skármeta*
P1689. En la forêt de Longue Attente.
Le roman de Charles d'Orléans, *Hella S. Haasse*
P1690. La Défense Lincoln, *Michael Connelly*
P1691. Flic à Bangkok, *Patrick Delachaux*
P1692. L'Empreinte du renard, *Moussa Konaté*
P1693. Les fleurs meurent aussi, *Lawrence Block*
P1694. L'Ultime Sacrilège, *Jérôme Bellay*
P1695. Engrenages, *Christopher Wakling*
P1696. La Sœur de Mozart, *Rita Charbonnier*

P1697. La Science du baiser, *Patrick Besson*
P1698. La Domination du monde, *Denis Robert*
P1699. Minnie, une affaire classée, *Hans Werner Kettenbach*
P1700. Dans l'ombre du Condor, *Jean-Paul Delfino*
P1701. Le Nœud sans fin. Le Chant d'Albion III
Stephen Lawhead
P1702. Le Feu primordial, *Martha Wells*
P1703. Le Très Corruptible Mandarin, *Qiu Xiaolong*
P1704. Dexter revient !, *Jeff Lindsay*
P1705. Vous plaisantez, monsieur Tanner, *Jean-Paul Dubois*
P1706. À Garonne, *Philippe Delerm*
P1707. Pieux mensonges, *Maile Meloy*
P1708. Chercher le vent, *Guillaume Vigneault*
P1709. Les Pierres du temps et autres poèmes, *Tahar Ben Jelloun*
P1710. René Char, *Éric Marty*
P1711. Les Dépossédés, *Robert McLiam Wilson et Donovan Wylie*
P1712. Bob Dylan à la croisée des chemins. Like a Rolling Stone
Greil Marcus
P1713. Comme une chanson dans la nuit
suivi de Je marche au bras du temps, *Alain Rémond*
P1714. Où les borgnes sont rois, *Jess Walter*
P1715. Un homme dans la poche, *Aurélie Filippetti*
P1716. Prenez soin du chien, *J.M. Erre*
P1717. La Photo, *Marie Desplechin*
P1718. À ta place, *Karine Reysset*
P1719. Je pense à toi tous les jours, *Hélèna Villovitch*
P1720. Si petites devant ta face, *Anne Brochet*
P1721. Ils s'en allaient faire des enfants ailleurs
Marie-Ange Guillaume
P1722. Le Jugement de Léa, *Laurence Tardieu*
P1723. Tibet or not Tibet, *Péma Dordjé*
P1724. La Malédiction des ancêtres, *Kirk Mitchell*
P1725. Le Tableau de l'apothicaire, *Adrian Mathews*
P1726. Out, *Natsuo Kirino*
P1727. La Faille de Kaïber. Le Cycle des Ombres I
Mathieu Gaborit
P1728. Griffin. Les Descendants de Merlin III, *Irene Radford*
P1729. Le Peuple de la mer. Le Cycle du Latium II
Thomas B. Swann
P1730. Sexe, mensonges et Hollywood, *Peter Biskind*
P1731. Qu'avez-vous fait de la révolution sexuelle ?
Marcela Iacub
P1732. Persée, prince de la lumière. Le Châtiment des dieux III
François Rachline
P1733. Bleu de Sèvres, *Jean-Paul Desprat*